원서발췌
아엘리타

고전 명작을 읽는 가장 쉬운 길,
'지식을만드는지식 원서발췌'

축약, 해설, 리라이팅이 아닙니다. 원전의 핵심 내용을 문장 그대로 가져옵니다. 작품의 오리지낼리티를 가감 없이 느낄 수 있습니다.
두껍고 읽기 어려워 책장을 덮어 버리곤 했던 고전을 발췌합니다. 해당 작품을 연구한 전문가가 작품의 정수를 가려 뽑아냅니다. 핵심만 읽기 때문에 더 빠르게 더 많은 고전을 읽을 수 있습니다. 제외된 부분은 중간중간 친절하게 요약 설명합니다. 풍부한 해설과 주석으로 전체 내용을 파악하는 데 무리가 없습니다. 정확한 번역, 적절한 윤문으로 10대에서 80대까지 누구나 쉽게 읽을 수 있습니다. 콤팩트한 사이즈와 분량이므로 간편하게 휴대할 수 있습니다. 수천 쪽의 고전을 발췌된 내용으로 읽고도 전체 의미를 파악할 수 있는 것이 지식을만드는지식 원서발췌의 매직입니다. 발췌율은 표지에 표시하고 발췌 방법은 일러두기에 상세히 밝힙니다.
고전 독자를 발췌 읽기에서 완역 읽기로, 더 나아가 원전 읽기로 안내합니다. 바쁜 현대인들에게 새로운 고전읽기 방법을 제시합니다.

원서발췌
아엘리타

Аэлита

알렉세이 톨스토이(Алексей Н. Толстой) 지음
김성일 옮김

대한민국, 서울, 지식을만드는지식, 2025

편집자 일러두기

- 옮긴이가 번역에 사용한 판본은 1983년 모스크바에서 간행한 프라우다(Правда) 출판사 판 《Аэлита. Гиперболоид инженера Гарина》입니다. 원전에서 약 52% 발췌하였습니다.
- 본문의 주석은 모두 옮긴이가 붙인 것입니다.
- 소제목은 원전 그대로 사용하였습니다. 다만 생략한 단원도 있습니다.
- 본문 중 '................' 표시는 원전에 따른 것입니다.
- 외래어 표기는 현행 한글어문규정의 외래어표기법을 따랐습니다.
- 이 책은 2008년 2월 15일 한정판 '고전선집' 시리즈로 처음 출간했습니다. 2012년 11월 30일 표지를 바꿔 '천줄읽기' 시리즈로 다시 출간했다가 이번에 '원서발췌' 시리즈로 옮겨 출간합니다.

차례

이상한 광고 • 3
로스의 작업장에서 • 8
동행인 • 18
잠 못 이루는 밤 • 29
이륙 • 35
착륙 • 41
화성 • 45
화성인들 • 58
소아쩨라 • 65
감청색 숲 속에서 • 71
휴식 • 74
흐릿한 구상(球狀) 물체 • 78
층계 위에서 • 86
우연한 발견 • 92
아엘리타의 아침 • 101
도시를 구경하고 있는 구세프 • 109
투스쿠프 • 113

홀로 남은 로스 • 125
마술 • 131
도주 • 139
자기 망각 • 149
지구 • 155
사랑의 목소리 • 163

해설 • 171
지은이에 대해 • 184
옮긴이에 대해 • 187

아엘리타

이상한 광고

'크라스느이-조르' 거리에 있는 어느 빈집 낡은 벽에 조그마하고 뿌연 종이에 쓰인 이상한 광고가 붙어 있었다. 이 집 옆을 지나가던 미국인 신문기자 아치볼드 스카일스는 말쑥한 사라사 원피스를 입은 맨발의 젊은 여인이 광고 앞에 서서 입술을 씰룩거리며 광고지를 읽는 것을 보았다. 피로한 빛이 역력한 귀여운 여인의 얼굴에는 놀라는 표정이 없었으며 신비감이 감도는 푸른 눈도 태연했다. 여인은 물결치는 머리카락을 귀 뒤로 넘기고는 야채가 담긴 바구니를 들고 길을 건너가 버렸다.

그렇지만 그 광고는 흥미로운 것이었다. 호기심에 사로잡혀 스카일스는 광고를 한 번 읽고선 더 가까이 다가가 손으로 눈을 비빈 후 또다시 읽었다.

"트웬티 스리(Twenty-three)" 하고 그는 중얼거렸다. 이것은 "제기랄… 믿기 어려운데!"를 의미하는 모양이었다.

광고에는 다음과 같이 적혀 있었다.

'8월 18일 화성으로 비행하기를 원하는 사람은 주다노프 강변 거리 11번, 마당 안으로, 오후 6시부터 8시까지 기

사 M. S. 로스를 찾아오십시오.'

볼펜으로 평범하게 써놓은 광고였다.

스카일스는 무의식적으로 맥을 짚어보았으나 보통 때와 다르지 않았다. 시계를 들여다보았다. 192×년 8월 17일 오후 4시 10분이었다.

스카일스는 이 혼잡한 도시에서 별의별 일을 다 겪게 될 것이라는 사실을 아주 침착한 마음으로 기대하고 있었다. 그러나 낡은 벽에 못을 박아 붙여놓은 그 광고는 그에게 지나칠 정도로 강한 반응을 불러일으켰다.

텅 빈 크라스느이-조르 거리로 바람이 불어왔다. 다층 건물의 창문들은 유리창이 산산조각 난 것도 있었고 널판을 붙여놓은 것도 있었다. 그래서 모두 빈집 같았으며 거리를 내다보는 사람은 아무도 없었다. 조금 전 길을 건너갔던 젊은 여인은 바구니를 인도 위에 내려놓고 스카일스를 바라보았다. 귀여운 여인의 얼굴은 무심했지만 피로한 빛이 역력했다.

스카일스는 뺨을 씰룩거렸다. 그는 낡은 편지 봉투를 꺼내 들고 로스의 주소를 적었다. 바로 이때 병사 복장을 한, 키가 크고 어깨가 떡 벌어진 사나이가 광고 앞에 나타났다. 병사는 모직으로 된 군복 상의에 각반을 차고 있었고, 혁대는 차지 않았다. 그는 손을 바지 주머니에 찔러 넣고 아무 하는 일 없이 서 있었다. 광고를 읽는 그의 뒷모습은 긴장하고 있는 듯했다.

"그것 참 대단하군! 화성으로 여행을 한단 말이지?" 만족스러운 목소리로 외치고는 햇볕에 그을린 무심한 얼굴을 스카일스에게로 돌렸다. 그의 관자놀이에는 비스듬한 새하얀 흉터가 있었으며, 회갈색 눈동자는 아까 그 젊은 여인처럼 빛이 났다. (오래전부터 스카일스는 러시아 사람들의 눈에서 이러한 빛을 발견했으며 심지어 이것에 대한 기사를 쓰기도 했었다. "…그들의 눈은 어떤 명료한 표정 없이 비웃는 듯하기도 하고 무분별한 단호함을 지닌 듯하기도 하며 어떤 우월감을 보이기라도 하는 듯한데, 이러한 모호한 표정은 유럽 사람들에게 극히 불건전한 영향을 끼친다.")

"제기랄, 이 사람과 함께 비행해 볼까?" 하고 병사는 순박하게 웃으며 말하고 난 후 머리에서 발끝까지 스카일스를 단숨에 훑어보았다.

그러더니 갑자기 눈을 찌푸리고 거리 저쪽을 유심히 바라보았다. 얼굴의 미소가 사라졌다. 거리 저쪽에는 맨발의 여인이 바구니 곁에서 움직이지 않고 서 있었다.

병사는 여인을 턱으로 가리키며 소리쳤다.

"마샤! 왜 그러고 서 있어? (여인은 눈을 껌벅거렸다.)

어서 집으로 가! (여인은 먼지투성이가 된 작은 발을 옮기면서 한숨을 쉬고는 머리를 푹 숙였다.) 어서 집에 가. 내 곧 갈 테니까!"

여인이 바구니를 들고 간 다음 병사는 말했다.

"난 타박상을 입고 부상을 당해 예비역으로 제대했소. 가만있기 답답해서 여기저기 돌아다니면서 광고들을 읽는 거요."

"당신은 이 광고의 주소를 찾아갈 겁니까?" 스카일스는 물었다.

"물론 찾아가 볼 거요."

"하지만 진공의 공간에서 5000만 킬로미터를 비행한다는 건 황당한 얘기 아닙니까?"

"멀다는 건 사실이죠."

"이건 속임수가 아니면 헛소릴 겁니다."

"그럴 수도 있겠죠."

스카일스도 실눈을 뜨고 병사와 같은 표정으로 병사를 쳐다보았다. 그는 어떤 우월감에 찬 조소 어린 웃음을 띠고 있다가 벌컥 성을 내고는 네바 강을 향해 걸어갔다. 공원 벤치에 앉은 스카일스는 주머니에 손을 집어넣고 (그는 오랜 애연가나 비즈니스맨처럼 주머니에 담배를 넣고 다녔다) 엄지손가락을 한 번 움직여 파이프에 담배를 담고 불을 붙이고는 다리를 쭉 폈다.

공원의 늙은 보리수나무들이 윙윙거렸다. 공기는 축축하고 훈훈했다. 공원에는 사내아이 혼자만 모래 더미 위에 앉아 있었다. 오랫동안 앉아 있었던 것 같은 그 애는 완두콩 무늬의 때 묻은 셔츠만 입고 있었을 뿐 바지는 입고 있지 않았다. 그 부드럽고 연한 빛의 머리카락은 가끔 바람에 휘날리곤 했다. 그 애는 털이 헝클어진 늙은 까마귀의 다리를 끈으로 묶어 쥐고 있었다. 까마귀는 사내아이와 마찬가지로 불만스러운 시선으로 스카일스를 아니꼽게 바라보았다.

갑자기 ─이것은 순간적이었다. ─그의 의식 표면에 구름이 넘실거리는 듯 머리가 어지러웠다. 사내아이, 까마귀, 빈집, 인적이 드문 거리, 행인들의 이상한 시선, 못으로 벽에 붙여놓은 우주 비행에 초대하는 조그마한 광고… 이 모든 것이 꿈은 아닌가?

스카일스는 독한 담배를 한 모금 깊이 들이마셨다. 그는 페트로그라드 시가 지도를 펼쳐 들고 파이프 끝을 지도 위에 대고 주다노프 강변 거리를 찾았다.

로스의 작업장에서

　스카일스는 녹슨 철물과 시멘트 드럼통들이 쌓여 있는 마당 안으로 들어갔다. 쓰레기 더미 위, 헝클어진 철사 줄과 기계들의 손상된 부분들 사이에 시든 풀들이 자라나 있었다. 마당 깊숙한 곳에는 높다란 헛간의 먼지 낀 유리창들이 석양 노을을 반사하고 있었다. 헛간의 자그마한 출입문은 열려 있고, 문턱에 노동자가 웅크리고 앉아 양동이 속에 있는 페인트를 뒤섞고 있었다. 기사(技師) 로스를 좀 만나볼 수 있느냐고 스카일스가 묻자 노동자는 헛간 안을 가리켰다. 스카일스는 헛간 안으로 들어갔다. 헛간 안은 그다지 밝지 않았다. 도면과 책들이 수북이 쌓여 있는 책상 위에는 원추형의 양철 갓을 씌워놓은 전등이 켜져 있었다. 헛간 안 깊은 곳에는 발판이 천장까지 설치되어 있었다. 그 곁에는 노동자가 활활 타는 화로에 풀무질을 하고 있었다. 잡동사니투성이인 발판 사이로 많은 나사들로 접합시켜 놓은 둥근 모양의 금속 물체가 번쩍거렸다. 활짝 열어 놓은 대문 사이로 붉은 석양의 노을빛과 바다 위로 뭉게뭉게 피어오른 먹구름이 보였다.
　풀무질을 하던 노동자가 낮은 목소리로 말했다.

"므스티슬라프 세르게예비치! 손님이 찾아왔습니다."

발판 뒤에서 중키에 강건하게 생긴 사나이가 나왔다. 털모자를 쓴 것처럼 숱이 많은 그의 머리카락은 새하얗고, 그의 얼굴은 젊어 보였으며 말끔히 면도가 돼 있었다. 입은 큰 편이면서도 아름다웠고, 깜빡거리지 않고 뚫어지게 쳐다보는 맑은 두 눈은 마치 얼굴 앞에서 매처럼 날아오르기라도 할 것 같았다. 그는 앞을 열어젖힌 지저분한 아마포 셔츠를 입고 있었으며, 누덕누덕 기운 바지에 끈으로 허리를 질끈 동여매고 있었다. 그는 때 묻은 도면을 손에 쥐고 있었다. 그는 손님에게 다가가면서 셔츠 앞 단추를 채우려고 했으나 그 단추들은 이미 떨어져 없어진 지 오래였다.

그는 스타일스에게 원추형 전등 밑의 의자를 가리키며 앉기를 권했다. "광고를 보고 찾아오셨습니까? 비행을 하실 생각이십니까?" 그는 쓸쓸한 목소리로 물어본 후 책상에 도면을 놓으며 앉아 파이프에 담배를 담기 시작했다. 그가 다름 아닌 므스티슬라프 세르게예비치 로스였다.

로스는 눈을 내리뜨고 성냥을 켜 담뱃불을 붙였다. 성냥불은 그의 강인한 얼굴과 입가에 난 두 줄의 깊은 주름살, 넓은 콧구멍과 길고 검은 속눈썹을 아래로부터 비추었다. 그를 살펴본 스카일스는 만족했다. 스카일스는 자신은 우주 비행을 할 생각은 없지만 크라스느이-조르 거리에서 광고를 읽었고, 그래서 신문 독자들에게 행성 간 비행에 관한 이와 같은 비상하고 센세이셔널한 기획을 소개하는 것이 자기의 의무로 느낀다고 설명했다.

로스는 뚫어지게 스카일스를 바라보며 설명을 듣고는 말했다.

"당신이 나와 함께 비행할 수 없다고 하시니 서운합니다"

하고 로스는 고개를 가로저었다.

"사람들은 저를 정신병자처럼 취급하고 무서워하며 피하곤 합니다. 나흘 후면 지구를 떠나야 하는데 여태껏 저는 동행인을 구하지 못했습니다."

로스는 담배에 불을 붙이고는 한 모금 빨았다.

"요구하는 게 무엇이죠?"

"당신 경력에서 가장 뚜렷한 점을 알았으면 합니다."

"그건 아무한테도 필요하지 않을 뿐 아니라 저에겐 또 이렇다 할 경력도 없습니다. 가난해서 교육을 제대로 받지 못했고 열두 살 때부터 자립했습니다. 청춘, 학창시절, 노동, 근무… 당신 신문의 독자들에게 흥미를 일으킬 만한 것은 아무것도 없고 아무런 훌륭한 점도 없습니다. 하긴…"

로스는 갑자기 얼굴을 찌푸렸다. 그러자 그의 입 가장자리에 깊은 주름살이 뚜렷이 나타났다.

"이 기계에 대해서는 말씀드릴 수 있습니다."

그는 파이프로 발판 쪽을 가리켰다.

"전 오래전부터 이 기계에 대한 연구를 해왔습니다. 그리고 2년 전부터 이 기계 건조에 착수했습니다. 이것이 전부입니다."

"지구에서 화성까지 비행하는 데는 대략 몇 달이나 걸릴 것 같습니까?" 스카일스는 연필 끝을 보면서 물었다.

"아홉 시간이나 열 시간밖에 안 걸릴 거라고 전 생각합니다."

"그래요?"

스카일스는 겸연쩍어하며 얼굴을 붉히고 턱을 가볍게 움직이더니 매우 정중한 어조로 말했다.

"저를 믿어주시고 제 인터뷰에 진지한 태도로 임해주셨으면 좋겠습니다."

로스는 팔꿈치를 책상 위에 올려놓고 담배를 뻑뻑 빨았다. 담배 연기 속에서도 그의 눈은 번쩍였다.

"8월 18일에 화성은 지구와 4000만 킬로미터 간격으로 근접하게 될 겁니다. 저는 이 거리를 비행해야만 합니다. 그런데 이 거리는 다음과 같이 이루어져 있습니다. 첫째,

지구의 대기권 높이가 75킬로미터이며, 둘째, 진공 공간에서의 두 행성 간의 거리는 4000만 킬로미터이고, 셋째, 화성 대기권의 높이가 65킬로미터입니다. 그런데 저의 비행에서 가장 중요한 것은 대기권 140킬로미터뿐입니다."

로스는 일어나서 손을 바지 주머니에 집어넣었다. 그의 머리는 어둠에 가려졌고 담배 연기 속에서 보이는 것은 젖혀진 옷깃 안 그의 앞가슴과 팔꿈치까지 소매를 걷어 올려 보이는 털이 덥수룩한 팔이었다.

"보통 새가 날거나 나뭇잎이 떨어지거나 비행선이 나는 것을 비행이라고 합니다. 그러나 이것은 비행이 아니라 공중 항행입니다. 진짜 비행은 추진력의 작용에 의해서 물체가 운동하는 것입니다. 그 실례가 로켓입니다. 저 항력이 없는, 비행하는 데 아무런 방해되는 것도 없는 진공 공간에서 로켓은 가속도로 움직이게 될 겁니다. 만일 그 공간에서 자기력(磁氣力)의 영향에 방해를 받지 않는다면 저는 아마도 광속도로 비행하게 될 것입니다. 저의 우주선은 바로 로켓의 원칙으로 건조된 것입니다. 나는 지구와 화성의 대기권 140킬로미터를 비행해야만 할 것입니다. 상승과 하강을 합해도 모두 1시간 반밖에 걸리지 않을 겁니다. 나는 지구의 인력권을 1시간 동안에 돌파할 예정입니다. 그리고 나면 진공 공간에서 저는 임의의 속력으로 비행할 수 있을 겁니다. 그러나 두 가지 위험 요소가 있습니다. 첫째, 지나치게 빠른 속도로 말미암아 혈관이 터질 수 있으며, 둘째, 만일 제가 엄청난 속도로 화성의 대기권으로 날아들어 간다면 대기권으로 인해 받는 타격은 마치 모래밭을 뚫고 들어갈 때와 비슷할 겁니다. 그렇게 되면 우주선과 그 속에 있는 모든 것이 삽시간에 가스로 변하게 될 겁니다. 행성들 사이의 공간에서는 탄생되지 않는 우주나 혹은 소멸된 우주의 유성 파편이 떠다닙니다. 그것들은 대기권을 통과하는 동안 순식간에 불타서 사라집니다. 공기는 거의 통과할 수 없는 철갑과 같은 것입니다. 하지만 아마도 지구의 대기권은 언젠가 단 한 번 구멍이 뚫렸던 적이 있었던 것 같습니다."

로스는 바지 주머니에서 손을 꺼내 책상 위 전등불 아래에 올려놓으며 주먹을 쥐었다.

"시베리아의 영구 얼음 속에서 나는 땅 틈에 박혀 죽은 매머드를 발굴한 일이 있었습니다. 매머드의 이빨 사이에는 풀이 끼어 있었습니다. 지금 얼음이 깔려 있는 그곳에서 매머드들은 그 옛날에 풀을 뜯어 먹었던 것입니다. 나는 매머드 고기를 먹어보았습니다. 그 매머드들은 부패될 사이도 없이 며칠 동안 동결되어 눈 속에 파묻혔던 것입니다. 짐작컨대 지축이 순간적으로 방향을 바꿨던 모양입니다. 지구가 어느 알려지지 않은 물체와 부딪혔거나 그렇지 않으면 달보다 작은, 지구의 다른 위성이 있었던 모양입니다. 지구의 인력에 의하여 그 위성은 지구에 떨어져 지각을 뚫고 들어가면서 지축의 방향을 변화시켰을 겁니다. 이 충격으로 인해 대서양과 아프리카 서쪽에 있던 대륙이 없어졌는지도 모릅니다. 하여튼 나는 화성의 대기권을 뚫고 들어갈 때 용해되지 않기 위해서 최대한 속력을 줄여야만 할 겁니다. 따라서 나는 진공 공간을 비행하는데 모두 여섯 시간 내지 일곱 시간이 걸리리라고 생각합니다. 몇 년 후에는 화성으로의 여행이 모스크바에서 뉴욕으로의 비행보다 덜 복잡할 겁니다."

로스는 책상에서 물러나 스위치를 눌렀다. 천장 밑에서 쉭쉭 소리가 나더니 아치형의 등이 켜졌다. 스카일스는 널빤지 벽에 도면과 도표, 지도들이 걸려 있는 것을 보았다. 선반 위에는 광학 공구와 측정기들이 놓여 있었다. 성층권 비행복들과 산더미처럼 쌓아놓은 통조림과 모피옷들도 보였다. 헛간 한쪽 구석 계단 위에는 천체망원경이 있었다.

로스와 스카일스는 계란 모양의 금속 우주선 주위의 발판으로 다가갔다. 스카일스는 눈대중으로 그 계란 모양 우주선의 높이가 적어도 8미터 50센티쯤 되며 직경은 6미터쯤 될 것이라고 생각했다. 계란 모양 우주선의 한가운데 주위로 강철 띠가 마치 양산처럼 아래로 우주선의 표면에 덧씌워져 있었다. 그것은 우주선이 대기권에서 떨어질 때 저항력을 증가 시켜 주는 낙하산 제동 장치였다. 낙하산 밑에는 세 개의 원형 출입문이 있었다. 그것은 승강구였다. 계란 모양 우주선의 아랫부분에는 좁다란 원통이 있었고 그 주위에는 서로 반대 방향으로 달아놓은 강력한 강철 용수철 두 개가 둘러씌워져 있었다. 그것은 우주선이 땅 위로 떨어질 때 충격을 완화시켜주는 완충기였다.

로스는 계란 모양 우주선의 겉에 접합시켜 놓은 철갑판을 연필로 톡톡 두드리면서 행성 사이를 항행하는 우주선에 대해 자세히 설명하기 시작했다. 우주선은 탄력과 내화성이 강한 강철로 제작되었으며 그 내부에는 가벼운 골조와 도리가 설치되었다. 이것이 외양이었다. 그 안에는 둘째 커버가 있는데 그것은 여섯 층으로 된 고무와 펠트, 가죽으로 된 것이다. 이 누빈 가죽의 둘째 커버 안에는 관측 장치와 동력 장치가 있었으며 산소통과 탄산가스 흡수기 상자, 공구와 식료품 자루들도 있었다. 외계의 관측을 위해서 우주선 외부 커버에는 프리즘을 가진 짧은 금속 원통의 특별한 관찰공이 설치되어 있다.

동력 장치는 용수철을 감은 원통 안에 있다. 원통은 그

강도로 보아 천문학 공구를 제작하는 청동을 능가하는 금속으로 주조된 것이었다. 원통의 내벽에는 수직의 관들이 뚫려 있다. 그 관들은 각각 위로 올라가면서 점점 넓어져 소위 폭발실을 이루었다. 각각의 폭발실에는 전체 자석 발전기와 연결된 점화전과 도관이 장치되어 있다. 엔진 실린더에 휘발유가 전달되는 것처럼 폭발실로는 '울트랄리지트'라고 하는, 페트로그라드의 모 공장 실험실에서 연구 제작된 놀랄 만한 폭발력의 극세 분말이 도관을 거쳐 전달된다. 울트랄리지트의 폭발력은 이 영역에서 지금까지 알려진 모든 폭약 중 가장 강한 것이었다. 폭발의 원추형 물체는 매우 좁은 것이다. 그것의 축이 원통의 수직관 축들과 일치되게 하기 위해서 폭발실로 전달되는 울트랄리지트가 자장(磁場)을 통과하였다.

동력 장치의 원리는 대략 이러했다. 이것은 로켓이었다. 울트랄리지트의 예비량은 100시간 비행을 할 수 있는 것이었다. 매초 폭발 수를 증감함으로써 우주선의 상승 및 하강 속도를 조절할 수 있다. 우주선의 아랫부분은 윗부분보다 상당히 무거웠다. 그렇기 때문에 행성들의 인력권 내에 들어가게 될 경우 선체는 이 무거운 원통이 있는 부분 쪽으로 돌려진다.

"이 우주선은 누구의 자금으로 건조한 것입니까?" 하고 스카일스는 물었다.

로스는 약간 놀라는 시선으로 스카일스를 보았다.

"공화국의 자금이지요…"

로스와 스카일스는 책상으로 되돌아갔다. 스카일스는 잠깐 사이를 둔 후 머뭇거리며 질문을 했다.

"당신은 화성에서 생명체를 만나리라고 생각하십니까?"

"그것은 8월 19일, 금요일 아침이면 알게 될 겁니다."

"우주 비행에 대한 기행문을 한 행에 10달러씩 드리겠습니다. 40행의 칼럼 여섯 편의 선금은 수표로 드리죠. 돈은 수표로 스톡홀름에서 정산하실 수 있습니다. 승낙하시겠습니까?"

로스는 픽 웃고 나서 승낙한다는 뜻으로 머리를 끄덕였다. 그러자 스카일스는 책상 구석에 앉아 수표를 쓰기 시작했다.

"당신이 나와 함께 비행하지 않는다는 것은 큰 유감입니다. 사실 그것은 먼 거리도 아닙니다. 걸어서 스톡홀름까지 가는 것보다 더 가깝습니다." 로스는 담배 연기를 내뿜으면서 이렇게 말했다.

동행인

로스는 열려 있는 대문 기둥에 어깨를 기대고 서 있었다. 파이프의 담뱃불은 꺼졌다.

대문 밖에서부터 주다노프 강변 거리까지 가는 길은 공터였다. 강 너머로 페트로프 섬 수목들의 희미한 윤곽이 보였다. 그 뒤로 석양이 쓸쓸하게 불타고 있었다. 가장자리가 노을빛에 물든 기다란 구름들은 푸른 물결 속에 있는 섬처럼 보였고 그 위로 푸른 하늘이 있었다. 그리고 별 몇 개가 하늘에서 반짝이고 있었다. 유구한 역사를 가진 지구 위에 고요한 정적이 깃들고 있었다.

조금 전 양동이에 페인트를 섞고 있던 노동자 쿠즈민도 다가오더니 대문 밖에 멈춰 서서 담배꽁초를 어둠 속으로 던졌다.

"지구를 떠나기란 정말 고통스러운 일이죠. 자기 집을 떠나기도 어려운데! 자기 마을을 떠나 철도역으로 갈 때도 수십 번이나 주위를 둘러보게 되지 않습니까. 집은 비록 짚 이엉을 이은 것이지만 정든 곳이지요. 지구를 떠나기란 정말로, 정말로…" 하고 쿠즈민은 나직이 말했다.

"주전자 물이 다 끓었어. 여보게, 쿠즈민! 어서 와 차나 마셔." 호흘로프라고 불리는 다른 노동자가 말했다.

쿠즈민은 한숨을 쉬며 "에, 참!"이라고 말하고 나서 화로를 향해 걸어갔다.

엄숙한 모습의 호흘로프와 쿠즈민은 화로 옆 상자 위에 앉아 차를 마시면서 빵 조각을 조금씩 뜯어먹고 말린 생선을 뼈를 발라내며 천천히 씹어 먹었다. 쿠즈민은 로스를 턱으로 가리키며 조용한 목소리로 말했다.

"난 로스가 불쌍한 것 같아. 요즘 저런 사람은 아주 드물지."

"자네는 그 사람을 너무 미리부터 애도하지 말게!"

"어떤 비행사에게서 들었는데, 그 비행사가 공중으로 8베르스타*나 올라가니 기계 연료가 얼어붙더래. 그런데 그게 여름에 있었던 일이라지 뭐야. 만약 더 높이 올라간다면 어떻겠어? 물론 그 위는 춥고 어둡겠지."

"그래도 그를 너무 미리부터 애도하지 말란 말이야." 하고 호흘로프는 또 우울하게 말했다.

"그분과 함께 비행하려는 사람이 없다지. 모두들 믿지

---

* 베르스타 : 미터법 시행 전 러시아의 거리 단위로서, 1베르스타는 1.067km이다.

않는 모양이야. 광고는 벌써 2주일째 쓸데없이 걸려 있는데…"

"그렇지만 난 믿어."

"무사히 비행해서 갈 거라고 믿는단 말이야?"

"물론이지. 그렇게만 되면 온 유럽에 난리가 나겠지."

"누가 난리 난단 말이야?"

"누구긴 누구야? 그놈들이지. 이젠 주지 말아야 해. 화성이 누구 것이 되겠어? 소련 것이 되지 않겠어!"

"참 그렇게만 되면 얼마나 좋겠어."

쿠즈민은 상자 위에서 자리를 좀 끌어당겨 앉았다. 로스가 다가와 상자에 앉으며 김이 무럭무럭 나는 찻잔을 들었다.

"호흘로프 동무! 나와 함께 비행하지 않으시겠습니까?"

"므스티슬라프 세르게예비치! 저는 비행할 수가 없습니다. 겁이 나서…" 하고 호흘로프는 대답했다.

로스는 살짝 미소를 짓고는 차를 한 모금 마신 후 쿠즈민을 흘금 쳐다보았다.

"그래, 당신은 어떻습니까?"

"므스티슬라프 세르게예비치! 나는 기쁜 마음으로 그 여행을 하고 싶습니다. 그러나 병든 아내와 어린 것들이 있으니 가족을 두고 갈 수는 없지 않겠습니까."

"그렇다면 할 수 없이 혼자 비행해야 되겠군요."

로스는 빈 찻잔을 내려놓고 손바닥으로 입술을 닦고 나서 말을 이었다.

"지구를 떠나려고 지원하는 사람이 없군요"하고 로스는 픽 웃으며 머리를 흔들고 나서 말을 이었다.

"어제는 한 처녀가 광고를 읽고 찾아왔습니다. 그 처녀는 '전 당신하고 비행할 생각이 있어요. 제 나이는 열아홉 살인데 노래도 부를 줄 알고 춤도 출줄 알며 기타도 연주할 줄 알아요. 전 혁명이 진절머리가 나서 지구에선 살기가 싫어요. 비자는 필요한가요?' 하더군요. 나의 설명이 끝나자 처녀는 울면서 '당신은 나를 속였어요. 난 그보다 더 가까운 데로 비행하게 되는 줄 알았어요.' 하더군요. 그 다음으로는 손바닥에 땀이 축축하고 베이스 톤의 목소리를 가진 청년이 찾아와서, '말하자면 당신은 나를 바보 취급하는 것입니까? 화성으로 비행한다는 것은 불가능합니다. 그런데 당신은 무슨 근거로 그런 광고를 써 붙였단 말입니까?' 하고 성을 내는데 겨우 진정시켰습니다."

로스는 무릎 위에 팔꿈치를 대고 숯불을 들여다보고 있었다. 순간 불빛에 비친 그의 얼굴은 무척 피로해 보였으며 이마에는 주름살이 잡혔다. 그는 장기간에 걸친 긴장된 일로부터 휴식을 취하는 것 같았다. 쿠즈민은 담배를 사러 갔다. 호흘로프는 기침을 하고 나서 물었다.

"므스티슬라프 세르게예비치! 당신은 정말 두렵지 않습니까?"

로스는 숯불의 열기로 뜨거워진 시선을 상대방에게로 돌렸다.

"아니, 난 두렵지 않습니다. 난 화성에 무사히 착륙하리라는 것을 믿습니다. 그리고 만일 실패로 돌아간다 해도 한순간에 끝장날 것이니 아픔을 느낄 새도 없을 겁니다. 두려운 것은 다른 겁니다. 만일 계산이 정확하지 못해서 내가 화성의 인력권 내로 들어가지 못하고 그 옆을 지나간다고 상상해 보십시오. 비축 연료와 산소, 식료품 등은 장기간 부족하지 않을 겁니다. 그러나 나는 암흑 속에서 비행하게 될 것입니다. 앞에서는 별이 밝게 빛날 겁니다. 천 년이 지나서 나의 굳은 시체는 그 유성의 불바다로 들어갈 겁니다. 그런데 천 년이란 기나긴 세월을 어둠 속에서 나의 시체가 둥둥 떠다니고, 또 내가 아직 살아 있는 오랜 시간 동안(나는 이 비행선 속에서 오랫동안 살아 있을 겁니다.) 우주 공간에서 외로운 몸으로 절망에 빠지게 될 것 아닙니까? 죽는다는 것이 무서운 게 아니라 영원한 암흑 속에서의 고독, 어떤 희망도 없는 고독이 무섭다는 거지요. 사실 그것이 두려운 거죠. 그래서 난 혼자서 비행하고 싶지 않은 겁니다."

로스는 눈을 찌푸리고 모닥불을 바라보았다. 그의 입은 꽉 다물어져 있었다.

대문 가에 쿠즈민이 나타나더니 낮은 목소리로 그를 불렀다.

"므스티슬라프 세르게예비치! 누군가 찾아왔습니다."

"누가?" 하고 로스는 벌떡 일어서며 물었다.

"어떤 적군(赤軍) 병사가 찾아왔습니다."

쿠즈민의 뒤를 따라 한 사나이가 들어왔는데 그는 셔츠 차림에 허리띠는 매고 있지 않았다. 그 사나이는 크라스느이-조르 거리에서 광고를 보았던 사람이었다. 그는 로스에게 간단하게 인사를 하고, 발판을 쳐다본 후 책상으로 다가가면서 물었다.

"동행인을 필요로 하십니까?"

로스는 의자를 가까이 당겨놓고 그와 마주 앉았다.

"네, 동행인을 찾는 중입니다. 나는 화성으로 비행할 예정입니다."

"알고 있습니다. 광고에서 보았지요. 얼마 전에 그 별을 나에게 보여주더군요. 물론 멀지요. 그런데 봉급과 식량 등의 조건을 알고 싶습니다."

"가족이 있습니까?"

"결혼은 했지만 애는 없습니다."

그는 손가락 끝으로 책상을 톡톡 두드리면서 호기심 어린 시선으로 사방을 두루 살폈다. 로스는 비행 조건에 대해 간단히 설명한 후 위험하다는 것에 대해서도 미리 경고했다. 그리고 로스는 그의 아내에게 미리 돈과 식료품을 갖다주어 생계를 유지할 수 있도록 하겠다고 말했다. 적군 병사는 고개를 끄덕이며 맞장구를 치기는 했지만, 어리둥절해하며 듣고 있었다.

"화성에 사람이 사는지 아니면 어떤 괴물이 사는지 아십니까?" 하고 마침내 그 사나이가 물었다.

로스는 뒤통수를 벅벅 긁으며 웃으며 말했다.

"나는 화성에도 우리와 비슷한 사람들이 살 거라고 생각합니다. 그곳에 가면 알게 될 겁니다. 그런데 이런 일이 있었습니다. 벌써 몇 년째 유럽과 아메리카의 큰 무선 전신국들이 알지 못하는 신호를 받고 있습니다. 처음엔 그것이 지구의 자장에서 일어나는 자기풍(磁氣風)의 흔적이라고 생각되었습니다. 그러나 그 신비스러운 신호는 문자 신호를 연상시켰던 것입니다. 누군가 우리와 대화를 몹시 나누고 싶어 하는 것 같다는 것입니다. 그러면 그것이 어디서 오는 신호일까요? 화성 외에는 어느 행성에도 생명체가 있다는 것이 확인되지 않았습니다. 그렇다면 신호가 올 곳은 화성밖에 없지요. 이 지도를 보십시오. 화성의 지표면에 운하망이 보입니다. (그는 널빤지 벽에 붙여놓은 화성의 지도를 가리켰다.) 아마 화성에서는 엄청난 강도의 무선 전신국을 설치하려고 하는 모양입니다. 화성은 지구와 대화를 하려고 하는데 우리는 아직 그 신호에 대답할 능력을 갖고 있지 못합니다. 그러나 우리는 그 부름에 따라 화성으로 비행하게 될 겁니다. 그런데 화성에서 우리들과 비슷하지 않은 어떤 괴물들이 그와 같은 무선 전신국을 건설했으리라고 추측하기는 매우 어렵습니다. 화성과 지구는 곁에서 같이 공전하고 있는 두 개의 자그마한 구형(球形) 물체입니다. 우리나 그들이나 다 동일한 법칙에 종속되어 있습니다. 우주 공간에는 생명의 티끌이 떠다니고 있습니다. 화성에도, 지구에도, 수억 개의 얼어 있는 다른 별들에도 동일한 포자(胞子)들이 떨어지고 있습니다. 결국 어느 곳에서나 생명이 발생하며 이 생명에 대한 지배자는 오로지 사람과 비슷한 존재일 겁니다. 왜냐하면 사람보다 더 완전한 동물은 창조될 수 없기 때문입니다."

"당신과 함께 가겠습니다."

마침내 적군 병사는 결심했다.

"언제 짐을 가지고 와야 됩니까?"

"내일 가지고 오십시오. 난 당신에게 이 우주선에 대한 것을 알려드려야겠습니다. 당신의 이름이 어떻게 됩니까?"

"구세프 알렉세이 이바노비치라고 합니다."

"직업은 뭡니까?"

구세프는 로스를 당황한 시선으로 쳐다보고는 책상을 톡톡 두드리고 있는 자기 손가락을 내려다보았다.

"나는 교육을 받았고 자동차에 대해서도 좀 알며 관찰병으로 비행선도 타보았습니다. 열여덟 살 때부터 전쟁에 참가했습니다. 나의 경력이란 바로 이것뿐입니다. 부상을 당했지요. 지금은 예비역으로 제대했습니다."

사나이는 재빨리 손바닥으로 정수리를 문지르고 나서 픽 웃었다.

"지난 7년 동안 별의별 일이 다 있었죠! 솔직히 말해서 나는 지금쯤 연대를 지휘하고 있었을 텐데 성질이 너무 과격해서! 전쟁이 끝나기만 하면 한 자리에 앉아 있을 수가 없었습니다. 고통스러웠지요… 나의 마음은 온통 중독된 듯합니다. 출장 허가를 맡든가 그렇지 않으면 그저 도망쳤지요."

그는 정수리를 또 어루만지며 미소 지었다.

"공화국을 넷이나 창건했습니다. 이젠 그 도시 이름도

기억나지 않습니다. 한번은 젊은이들을 한 300명 모아 가지고 인도를 해방하러 떠났었지요. 우리는 인도로 가려고 했으나 산속을 헤매다가 눈보라를 만났고 눈사태로 인해 말들이 모두 죽어버리고 말았지요. 살아 돌아온 사람은 적었습니다. 마흐노 악당을 찾아가서 두어 달 있기도 했습니다. 방탕한 생활을 하고 싶더군요… 그러나 강도들과 친하게 지낼 수가 있어야죠? 그 후 붉은 군대로 갔지요. 폴란드군을 키예프에서 몰아냈지요. 그때 나는 부존느이 기병대에서 복무했죠. '바르샤바를 박살내자!' 하고 내달렸지요. 마지막으로 부상당한 것은 페레코프를 점령할 때였죠. 그 후 나는 병원에서 근 1년 동안 세월을 보냈지요. 퇴원하자 어디 갈 곳이 있어야죠? 우연히 한 처녀를 만나 장가를 들게 되었죠. 나의 아내는 훌륭한 여자입니다. 아내가 불쌍하지만 나는 집에 들어앉아 있을 수가 없습니다. 시골로 가자고 해도 부모님은 돌아가셨고 형제들은 전사했으며 땅은 황폐하게 되어버렸지요. 도시에서는 할 일이 없습니다. 전쟁은 지금 없고 또 앞으로도 있을 것 같지 않습니다. 그러니까 므스티슬라프 세르게예비치! 제발 나를 데리고 가주십시오. 난 화성에서 당신에게 쓸모가 있을 겁니다."

"좋습니다. 매우 반갑군요! 그럼 내일 꼭 오십시오. 안녕히 가십시오." 로스는 그에게 손을 내밀며 말했다.

잠 못 이루는 밤

 지구를 떠날 만반의 준비가 다 되었다. 마지막 이틀 밤은 거의 뜬눈으로 새면서 각종 물품 자루들을 우주선 안에 싣고 기계 장치와 공구들을 점검하였으며 우주선 주위의 발판과 지붕 부분도 뜯어냈다.

 로스는 구세프에게 우주선의 비행 장치와 중요한 공구들의 사용법을 가르쳐주었다. 구세프는 빈틈없고 영리한 사람이었다.

 내일 오후 여섯 시에 출발하기로 예정되었다.

 저녁이 깊어 로스는 노동자들과 구세프를 집으로 돌려보냈다. 그 다음 로스는 탁상 전등 외에 다른 전등들을 모두 다 끄고 헛간 한쪽 구석의 천체망원경 삼발이 뒤에 놓인 쇠 침대 위에 옷도 벗지 않은 채 드러누웠다.

 하늘에 별들이 총총한, 고요한 밤이었다. 로스는 잠을 이루지 못하고 팔베개를 하고 누워 어스레한 어둠을 바라보았다. 그는 며칠 동안 정신없이 바쁘게 지냈다. 그런데 지구상에서 마지막 밤을 새는 오늘 밤 그는 마음속 긴장을 풀고는 고통과 슬픔에 잠겼다.

 그가 회상한 것은 어둠 속의 방… 책들로 불빛이 가려

진 양초… 약 냄새… 숨 막히는 실내 공기, 바닥에 깐 양탄자 위의 대야였다. 일어나서 대야 곁을 지나갈 때면 침울한 벽지 위에 그림자가 어른거렸다. 얼마나 괴로운 일인가! 침대 위에는 세상에서 가장 귀중한 사람인 아내 카차가 조용히 잦은 숨을 할딱거리며 누워 있었다. 베개 위에는 숱이 많은 머리칼이 헝클어져 있었다. 이불 밑 아내의 무릎은 들려 있었다. 카차는 로스와 작별을 하고 있었다. 얼마 전까지만 해도 그렇게 예쁘고 온화했던 얼굴이 이제는 변해버렸다. 그것은 불안해하는 분홍빛 얼굴이었다. 카차는 이불 밑에서 손을 내밀어 이불 가장자리를 손가락으로 쥐어뜯고 있었다. 로스는 아내의 손을 쥐어 이불 밑에 집어넣곤 했다.

"여보, 눈을 뜨고 나를 한번이라도 쳐다봐! 나와 작별인사를 해야지?" 하고 로스가 말하면 카차는 들릴 듯 말 듯 한 목소리로 애원하며 "차앙으을 여러…"라고 중얼거렸다. 아내는 어린애 목소리와도 같이 애원하는 조그마한 목소리로 "창을 열어요" 하고 말하고 싶었던 것이다. 공포보다 격한 감정이, 아내에 대한, 그 목소리에 대한 연민의 감정이 북받쳐 올라왔다. "카차! 카차! 나를 쳐다봐." 로스는 아내의 뺨과 이마와 감긴 눈꺼풀에 키스를 했다. 카차의 목은 떨렸고 가슴은 들먹거렸으며 손가락은 이불의 가장자리를 틀어쥐고 있었다. "카차, 카차! 웬일이야?" 그러나 아내는 대답도 없이 떠나가고 있었다… 아내는 마치 누가 등을 떠받치기라도 하는 듯 팔꿈치를 들고 젖가슴을 들먹이면서 고통스러워했다. 그녀의 머리는 뒤로 젖혀져 있었다… 이윽고 카차의 몸은 침대에 눕혀졌다. 그 다음 카차의 턱이 툭 하고 떨어졌다. 로스는 절망적으로 몸부림치며 아내의 몸을 꼭 껴안았다.

'…안 돼, 안 돼! 죽음과는 화해할 수 없어…'

로스는 자리에서 벌떡 일어나 책상 위 담뱃갑에서 담배 한 개비를 꺼내 피우면서 어두운 헛간을 한참 동안 거닐었다. 그 다음 그는 천체망원경 사다리에 올라가 이미 페트로그라드 상공에 떠오른 화성을 망원경으로 찾아낸 후 온화하게 빛나는 그 작은 별을 오랫동안 바라보았다. 화성은 접안렌즈의 중앙 교차점의 십자선에서 약간 흔들리고 있었다.

…그는 다시 자리에 드러누웠다. 그리고 옛날을 회상하기 시작했다. 카차는 언덕 위 풀밭에 앉아 있었다. 멀리 펼쳐진 울퉁불퉁한 들판 너머로 즈베니드 사원의 황금빛 둥근 지붕들이 보였다. 어느 무더운 여름날 곡물과 메밀 위로 매들이 고요히 날고 있었다. 카차는 더워서 기운이 나지 않았다. 로스는 곁에 앉아 풀잎을 씹으며 카차의 아

마 빛 머리와 볕에 탄 어깨를 들여다보았다. 볕에 탄 살은 거무스름하고 원피스에 가려진 데는 새하얀 살 그대로였다. 카차의 몽환적인 눈은 조용하고 아름다웠다. 그 눈 속에서도 매가 날고 있었다. 카차의 나이는 열여덟 살이었다. 그녀는 입을 꼭 다문 채 앉아 있었다. '아니야! 내 사랑! 내게는 이 산등성이 위에 앉아 당신을 사랑하는 일보다 더 중대한 일이 있어. 난 이 일을 그만두지 않을 거야. 난 당신 별장에 다시는 가지 않겠어.' 로스는 생각했다.

'아, 맙소사 그 더운 여름 한철을 허송세월했구나. 그때 그 시간을 붙잡았더라면! 그러나 이젠 돌이킬 수 없지 않은가…'

로스는 다시 침대에서 일어나 성냥을 켜 담뱃불을 붙이고는 서성이기 시작했다. 그러나 널빤지 벽을 옆에 끼고 거닐려니 마음은 마치 함정에 빠진 짐승처럼 괴로웠다.

로스는 대문을 활짝 열어놓고 벌써 높이 떠오른 화성을 쳐다보았다.

'지구를 떠나고 죽음의 경계를 벗어난 그곳에서도 자신을 잊을 수는 없을 것이다. 왜 나는 그 사랑이라는 독약을 마셨는가? 깨지 않은 채 살았더라면 얼마나 좋았으랴! 에테르 공간에서는 꽁꽁 언 생명의 씨앗이, 얼음의 결정체들이, 졸고 있는 그것들이 날아다니고 있지 않은가. 그러나 씨앗은 떨어져 꽃을 피워야 한다. 외로운 씨앗으로 있지 말고 사랑하고 결합하고 잊히고 정열에 불타야 한다. 또다시 죽음과 이별, 그 다음으로 얼음 결정체들의 부유, 이를 위해 이 짤막한 꿈이 필요한 것이다.'

로스는 대문 가에 오랫동안 서 있었다. 화성은 잠든 페트로그라드 상공 높이 푸른빛의 금강석 광휘를 내고 있었다. '이 놀라운 신세계는 이미 오래전에 꺼져버렸거나 아니면 번영하는 완전한 환상의 세계일 것이다… 어느 날 밤 저 세계에서 다른 별들 사이로 나의 정든 별을 바라볼 수도 있을 것이다… 그때엔 산등성이와 매도 그리고 카차가 고이 잠든 무덤도 회상할 것이다… 그렇게 된다면 나의 슬픔은 한결 가벼워질 것이다…'라고 로스는 생각했다.

아침 무렵에야 로스는 잠이 들었다. 그는 강변 거리로 차들이 시끄럽게 지나가는 소리에 잠을 깼다. 로스는 손바닥으로 얼굴을 문질렀다. 밤 동안 눈에 선했던 광경들로 인해 몽롱해진 시선으로 그는 벽에 걸린 지도와 기계장치의 윤곽을 멍하니 바라보고 있었다. 숨을 크게 내쉰 후 완전히 잠을 깬 로스는 차가운 수돗물로 머리를 감고, 어깨에 외투를 걸친 후, 공터를 지나 6개월 전 카차가 숨을 거두었던 자기 집을 향해 걸어갔다.

이 집에서 그는 몸을 씻고 면도를 하고 깨끗한 내의와 웃옷을 갈아입은 후 창문들이 모두 다 잘 닫혀 있는지 확인했다. 빈집인지라 어디에나 먼지가 끼어 있었다. 그는 침실 문을 열었다. 카차가 죽은 후 그는 이 방에서 하룻밤도 자지 않았다. 커튼이 내려져 있는 침실은 어두컴컴했으며 카차의 원피스들이 걸려 있는 옷장 문의 열린 틈새로 옷장 거울의 반사광만이 비칠 따름이었다. 로스는 얼굴을 찌푸리고 발끝으로 걸어가 옷장 문을 꼭 닫고는 침실 문을 잠가버렸다. 집을 나선 그는 정문까지 잠그고 납작한 열쇠를 조끼 주머니에 집어넣었다.

이제 떠나기 전 모든 준비가 끝났다.

이륙

로스의 작업장 앞 공터로 사람들이 모여들기 시작했다. 사람들은 강변 거리로 걸어오기도 하고 페트로프 섬 쪽으로부터 달려오기도 했다. 사람들은 제각기 무리 지어서서 구름 사이로 부챗살 같은 햇살을 비추며 뉘엿뉘엿 지고 있는 태양을 바라보고 있었다. 사람들은 서로 말을 주고받았다.

"웬 사람들이 이렇게 많이 모였소. 누가 죽었소?"

"화성으로 지금 곧 날아간대요."

"살다 살다 이젠 별일을 다 보게 되는군!"

"뭐라고 말했습니까? 누가 날아간단 말입니까?"

"감옥에서 강도 두 놈을 잡아다가 강철 통 안에 봉해 가지고 실험적으로 화성으로 보낸다나요."

"제발 거짓말 좀 하지 마시오."

"나쁜 놈들! 어쩜 그놈들은 사람이 불쌍한 줄도 모르는가!"

"놈들이 누구란 말이오?"

"여보시오! 당신은 왜 남의 말을 흠잡으려고 그러시오?"

"물론 이건 인간에 대한 조롱이죠."
"정말 바보 같은 사람들이지!"
"사람들이 바보라고? 왜 당신은 그렇게 생각하시오?"
"차라리 그런 말을 한 당신을 보냈으면 좋겠소."
"그만두시오, 동무들! 여기서 지금 역사적인 사건이 일어나려고 하는데 당신들은 왜 그런 어리석은 소리만 하고들 있는 거요?"
"그럼 무슨 목적 때문에 화성에 간다는 거요?"
"지금 어떤 사람이 말하기를 선전 서적만 해도 25푸드^{*}나 실었다고 하더군요."

"아냐! 이것은 탐사대야."
"목적이 뭔데?"
"금을 가지러…"
"예, 그렇습니다. 금 비축량을 늘리려고요."
"많이 가져올 작정이랍니까?"
"얼마든지 많이 가져올 겁니다."
"여보게! 아직 오래 기다려야 해?"
"해가 지면 이제 떠오른대요…"

---

* 푸드 : 러시아의 고대 중량 단위로 1푸드는 16.38kg이다.

땅거미가 내릴 때까지도 말소리는 잦아들지 않았다. 비상한 사건을 기다리고 있는 군중들은 갖가지 말들을 쉴 새 없이 주고받았다. 그들은 토론도, 말다툼도 했지만 자리를 떠나지는 않았다.

어슴푸레한 저녁노을이 하늘을 불그스름하게 물들였다. 바로 이때 도 집행위원회의 대형 승용차가 군중을 천천히 헤치면서 나타났다. 헛간의 불빛이 창문을 비추었다. 군중들은 숨을 죽이고 가까이 다가갔다.

사방팔방으로 모습을 드러내놓고 있는 계란 모양의 우주선은 줄줄이 접합된 리벳들을 번쩍이며 헛간 한복판의 약간 경사진 콘크리트 단 위에 서 있었다. 둥근 승강구를 통해, 밝게 조명된 마름모꼴로 누빈 가죽을 댄 안 커버가 보였다.

로스와 구세프는 벌써 펠트 장화를 신었고 짧은 양털 외투를 입었으며 가죽 비행모를 쓰고 있었다. 집행위원회 위원들과 아카데미 회원들, 기사들과 기자들이 우주선을 둘러싸자 송별사와 사진 촬영이 있었다. 로스는 뜨겁게 환송하는 군중에게 감사의 말을 전했다. 그의 얼굴은 창백해졌으며 눈은 유리알처럼 빛났다. 그는 호흘로프와 쿠즈민을 포옹했다. 그 다음 시계를 보더니 "시간이 되었습니다!"라고 말했다.

환송자들은 삽시간에 조용해졌다. 구세프는 인상을 찌푸리고 승강구 안으로 들어갔다. 우주선 안에 들어간 그는 가죽 방석 위에 앉아 비행모를 똑바로 쓰고 털외투 자락을 당겨 단정히 했다.

"나의 아내를 찾아가 돌봐주시오. 잊지 말고!" 구세프는 호흘로프에게 이렇게 소리치고는 몹시 얼굴을 찌푸렸다.

로스는 발끝으로 시선을 던지고 조급해하지 않았다. 그러다가 갑자기 머리를 들고 흥분된 목소리로 나지막이 말했다.

"나는 화성에 무사히 착륙할 것이라고 생각합니다. 나는 몇 년 안에 수백 대의 우주선들이 별들의 공간을 종횡무진 비행할 거라고 믿습니다. 탐구 정신은 언제나 우리를 자극할 겁니다. 그러나 내가 첫 번째 사람으로 비행할 필요는 없었습니다. 내가 첫 번째 사람으로 하늘의 비밀을 탐구할 필요도 또한 없었지요! 내가 거기에서 얻게 될 것은 무엇일까요? 자기 망각뿐이죠… 여러분과 작별하는 이 순간 무엇보다도 나를 괴롭히는 것은 바로 이겁니다. … 여러분! 나는 천재적인 비행선 제작자도 아니며 용감한 사람도, 공상가도 아닙니다. 나는 그저 겁쟁이이며 도망자일 뿐입니다…"

로스는 문득 말을 그치고 이상한 시선으로 환송자들을 살펴보았다. 그들은 주저하면서 그의 말을 듣고 있었다. 로스는 비행모를 눈까지 푹 눌러썼다.

"하긴 이건 개인의 심려이지요. 이건 당신들에게나 나 자신에게도, 어느 누구에게도 필요 없는 것입니다… 그것을 헛간의 이 외로운 침대 위에 남겨둡니다… 여러분 안녕히 계십시오. 여러분! 될 수 있는 대로 여기서 좀 더 멀리 물러서 계십시오…"

그 즉시 구세프는 승강구를 통해 소리쳤다.

"동무들! 나는 화성 주민들에게 소비에트 공화국의 뜨거운 축하를 전달하겠습니다. 그런 전권을 주시겠습니까?"

군중들이 웅성거리기 시작하더니 박수 소리가 들렸다.

로스가 뒤돌아 승강구로 들어가자 즉시 뚜껑이 꽉 닫혀버렸다. 빽빽하게 모여 선 환송자들은 흥분된 목소리로 서로 말을 주고받으면서 헛간을 나와 공터에 모인 군중에게로 갔다.

"조심하시오. 물러나시오. 땅 위에 엎드리시오!" 하고 누군가가 목소리를 길게 뽑아 외치기 시작했다.

이제 수천 명의 사람들이 잠자코 헛간의 불이 비치는 사각형의 창문들로 시선을 돌렸다. 헛간은 고요했다. 공터 역시 조용했다. 이렇게 몇 분이 흘러갔다. 많은 사람은 땅 위에 엎드려 있었다. 갑자기 멀리서 커다란 말 울음소리가 들려왔다.

"조용들 하시오!" 누군가 위협적인 목소리로 크게 소리쳤다.

헛간에서 귀청이 떨어질 듯한 요란한 소리가 들려왔다. 뒤이어 곧바로 그보다 더 크고 잦은 소리가 들려왔다. 지축이 울렸다. 헛간 지붕 위로 뭉툭한 금속 코가 우뚝 솟아오르더니 연기와 먼지가 주변을 뒤덮어 버렸다. 굉음은 더 크게 들렸다. 시꺼먼 우주선이 지붕 위로 완전히 모습을 드러내더니 마치 가늠이라도 하는 듯 공중에 떠 있었다. 툭툭거리던 소리가 폭발 소리로 변하더니 4사젠*의 계란 모양의 우주선이 비스듬히 기울어 로켓처럼 군중들 머리 위로 날아 올라가, 서쪽으로 항로를 잡아, 벌건 선을 그리면서 연한 석양의 노을빛에 물든 구름 속으로 사라졌다.

그제야 군중들은 함성을 지르고 모자를 공중으로 집어던지며 헛간으로 달려가 그곳을 둘러쌌다.

---

* 사젠 : 미터법 채용 이전 러시아의 길이 단위로 1사젠은 약 2.134m이다.

착륙

　은빛인데다가 군데군데 구름이 떠 있는 듯한 화성 지표면은 분명히 점점 더 커졌다. 얼음 덮인 남극 지방은 눈부시게 빛났다. 남극의 밑으로 구부러진 운무가 보였다. 그것은 동쪽으로 적도에까지 미쳤으며, 가운데 자오선 가까운 부분에서는 위로 올라가다가 완연히 구부러져 더 밝은 표면을 이루며 두 줄기가 되었고, 화성 지표면의 서쪽 변두리에서는 두 번째 돌출부를 이루었다.

　적도에 다섯 개의 둥근 점들이 널려 있는 것이 똑똑히 보였다. 그 점들은 직선으로 연결되었으며, 그 선들은 두 개의 이등변 삼각형을 이루었는데, 세 번째 삼각형은 길쭉했다. 동쪽 삼각형의 주각은 균형 잡힌 아치였다. 그 아치의 가운데로부터 맨 끝의 서쪽 점까지는 두 번째 반원형이 있었다. 적도의 그룹으로부터 서쪽과 동쪽으로 몇 개의 선과 점, 아치들이 널려 있었다. 북극은 어둠 속에 묻혀 있었다.

　로스는 이 선들이 이루고 있는 망을 눈여겨보았다. 그것은 기하학적으로 올바르지만 늘 모양이 변하는, 수수께끼와도 같은 화성의 선들이었다. 그것은 천문학자들의 골치를 꽤나 썩이던 바로 그것이었다. 로스는 이제 그 분명한 그림 밑으로 나타날 듯한, 마치 지워놓은 것 같은 선들의 망이 있다는 것도 발견했다.

로스는 자기의 수첩에 그것에 대한 대략적인 그림을 그리기 시작했다. 그런데 갑자기 화성의 지표면이 흔들리더니 관찰공의 접안렌즈 속에서 출렁이는 것이었다. 로스는 그 즉시 가감저항기로 다가가며 외쳤다.

"알렉세이 이바노비치! 제대로 날아왔습니다. 이젠 화성의 인력권 내에 들어 하강합니다!"

우주선의 용수철 있는 부분이 화성 쪽으로 돌려졌다. 로스는 엔진의 힘을 줄이다가 완전히 꺼버렸다. 이젠 속력의 변화가 그다지 큰 고통을 주지 않았다. 그러나 얼마나 고통스러운 정적이 깃들었던지 구세프는 양손에 얼굴을 파묻고 귀를 틀어막았다.

로스는 바닥에 누워 은빛 지표면이 점점 커지고 자라며 불룩해지는 것을 살펴보았다. 이제는 마치 화성이 검은 심연으로부터 그들을 향해 날아오는 것처럼 느껴졌다.

로스는 다시 가감저항기를 켰다. 우주선은 화성의 인력을 극복하느라 흔들리기 시작했다. 낙하 속도는 느려졌다. 이제는 화성이 하늘을 다 가렸고 어슴푸레해졌으며 우주선 가장자리는 접시처럼 휘어졌다.

무서운 속도로 하강하는 마지막 순간은 고통스러웠다. 화성은 온 하늘을 다 가렸다. 갑자기 관찰공 유리에 김이 서리기 시작했다. 우주선은 어슴푸레한 평야 위의 구름을 뚫고 요란한 소리를 내며, 선체를 흔들거리며 천천히 하강했다.

"착륙합니다!" 하고 로스는 외치면서 엔진을 껐다. 우주선의 심한 진동으로 인해 그는 벽 쪽으로 밀려가 넘어졌다. 우주선은 무겁게 착륙하며 옆으로 쓰러졌다.

....

무릎과 손이 떨리고 심장이 멎는 듯했다. 로스와 구세프는 잠자코 우주선 내부를 정돈했다. 지구에서 싣고 온 반죽음이 된 쥐를 관찰공 구멍을 통해 밖으로 밀어냈다. 쥐는 점차 생기를 되찾아 코를 들고 수염을 살짝 움직이기 시작하더니 마른세수를 했다. 밖의 공기가 살기에 적당한 것이었다.

그제야 승강구를 풀었다. 로스는 입술을 축이고 아직 쓸쓸한 목소리로 말했다.

"자, 알렉세이 이바노비치! 무사히 도착한 데 대해 축하드립니다… 내립시다."

방한화와 짧은 털외투를 벗었다. 구세프는 만일을 염

려하여 모제르식 권총을 허리띠에 차고 살짝 웃고는 승강
구를 열었다.

화성

 구세프와 로스가 우주선에서 내리자 뇌우가 칠 때의 바다와도 같은 암청색의 끝없이 눈부신 하늘이 보였다.
 조각난 뜨거운 태양이 화성의 상공에 높이 떠 있었다. 수정같이 푸른 광선은 뚜렷한 지평선에서 하늘의 정점에 이르기까지 서늘하고 투명했다…
 "이곳의 태양은 쾌활하군요." 구세프는 짙푸른 공간의 광선이 얼마나 눈부셨던지 이렇게 말하며 재채기를 했다. 가슴이 따끔하고 관자놀이의 혈맥이 몹시 뛰었지만 공기가 가볍고 메말랐기 때문에 숨쉬기는 한결 수월했다.
 우주선은 오렌지색 평원에 놓여 있었다. 지평선은 손으로 잡을 수 있을 정도로 아주 가까웠다. 땅에는 커다란 틈이 나있었다. 평야 여기저기에 서 있는, 일곱 개씩 꽂게 된 촛대와도 같은 키 큰 선인장들은 연보랏빛 짙은 그림자를 드리우고 있었다. 메마른 바람이 불어왔다.
 로스와 구세프는 한참 동안을 살피다가 평원을 걷기 시작했다. 비록 복사뼈까지 빠지는 푸석푸석한 땅이었지만 걷기는 아주 쉬웠다. 로스는 수지가 많은 키 큰 선인장 주위를 돌며 그것을 잡으려고 손을 내밀었다. 그런데 그

식물은 손이 닿자마자 마치 바람이 불 때처럼 바르르 떨었다. 그러자 그것의 통통한 갈색 가시가 손을 찔렀다. 구세프는 장홧발로 뿌리 부분을 차며 "에잇, 더러운 식물 같으니라고!" 하며 투덜거렸다. 선인장은 가시를 모래에 처박으며 땅에 쓰러졌다.

그들은 30분 가까이나 걸었다. 그들의 시야에 들어오는 것은 오렌지색 평야와 선인장, 연보라색 그림자와 틈이 난 땅뿐이었다. 남쪽으로 돌아 태양을 옆에 끼고 걷다가 로스는 땅을 유심히 내려다보며 잠시 생각에 잠기더니 문득 걸음을 멈추고는 웅크리고 앉아 무릎을 탁 치며 말했다.

"알렉세이 이바노비치! 이것은 갈아놓은 땅이군요."

"그래요?"

실제로 이제 반쯤 허물어진 넓은 밭이랑들에 선인장이 줄지어 서 있는 모습이 선명하게 보였다. 몇 걸음을 더 가다가 구세프는 판석에 발이 걸렸는데 그 돌에는 끊어진 로프가 달린 큼직한 청동 반지가 박혀 있었다. 로스는 턱을 긁으며 잠시 생각에 잠기더니 반색하며 말했다.

"알렉세이 이바노비치! 당신은 이것이 무엇을 의미하는지 아십니까?"

"예, 알지요. 우리가 밭에 와 있는 것 아닙니까."

"반지는 어디서 난 것일까요?"

"글쎄요! …반지를 왜 이 돌에 박아놓았는지 누가 알겠습니까?"

"그건 부표를 달아매기 위한 것이죠. 조개껍데기들이 붙어 있는 것이 보이지 않습니까? 우리는 마른 운하 바닥에 서 있는 겁니다."

구세프는 수긍했다.

"예, 진짜 그렇군요. …이곳엔 물이 부족한 것 같습니다."

그들은 서쪽을 향하여 밭이랑들을 가로질러 걸어갔다. 멀리멀리 들판에서 땅벌처럼 탱탱한 몸을 가진 커다란 새가가 푸르륵 거리더니 경련하듯 날개를 흔들며 날았다. 구세프는 권총에 손을 대며 걸음을 멈췄다. 그러나 새는 공중으로 쏜살같이 날아오르며 짙푸른 하늘에서 번쩍하더니 가까운 지평선 너머로 사라졌다.

갈수록 키가 더 크고 튼튼한 선인장들이 빽빽이 들어서 있었다. 살아 있는 가시가 많은 선인장 숲을 조심해서 지나가야만 했다. 돌무더기의 도마뱀과 비슷한, 다리가 많고 오렌지색이며 등이 톱날 같은 동물들이 발아래에서 뛰어다녔다. 물갈퀴 모양의 풀숲 속에서 고슴도치 같은 동물들이 여러 번 뛰어나와 옆으로 지나갔다. 이곳에서 그들은 더욱더 조심스럽게 걸어갔다.

백묵처럼 새하얗고 경사진 기슭 부근에서 선인장 숲이 끝났다. 그곳은 바위를 쪼개 만든 듯한 오래된 판석들을 쌓아놓은 곳이었다. 판석들 틈새에는 마른 이끼들이 끼어 있었다. 어떤 판석에는 아까 들에서 본 것과 같은 반지가 박혀 있었다. 톱날 같은 등을 가진 도마뱀들이 양지쪽에서 평화롭게 졸고 있었다.

로스와 구세프는 비탈길을 올라갔다. 그곳에서도 역시 오렌지 빛이 나는, 그러나 더 흐릿한 빛의 구릉진 평야가 보였다. 그리고 누운 잣나무와도 같은 어떤 키 작은 나무들이 떼 지어 군데군데 서 있었다. 어떤 곳에서는 하얀 돌무더기와 폐허의 흔적들이 보였다. 멀리 북서쪽으로는 굳어진 불길처럼 고르지 않고 뾰족뾰족한 산맥이 솟아 있었다. 산 정상은 만년설로 빛나고 있었다.

"이젠 돌아가서 요기를 하고 좀 쉽시다. 이곳엔 생명체 하나 보이지 않는데 기진맥진하면 어떻게 되겠습니까?" 하고 구세프가 말했다.

그들은 한참 동안 서 있었다. 거친 평야는 얼마나 쓸쓸했는지 가슴을 짓눌렀다.

"정말 멀리 왔습니다."

그들은 비탈길로 내려와 우주선을 향해 걸어갔다. 그

러나 선인장 숲 속에서 우주선을 찾느라 오랫동안 방황했다.

구세프가 갑자기 나직이 말했다.

"저기 있습니다!"

그는 익숙한 솜씨로 권총을 권총집에서 뽑았다.

"보세요! 우주선 옆에 와 있는 것이 누구야? 제길… 쏴버리겠어!"

"누굴 보고 소리치는 겁니까?"

"번쩍이는 우주선이 보입니까?"

"이제 보입니다."

"우주선 오른쪽에 웬 놈이 앉아 있습니다."

그제야 로스도 보았다. 그들은 발이 걸려 넘어지면서 우주선을 향해 달려갔다. 우주선 옆에 앉아 있던 그 존재는 옆쪽으로 움직이더니, 선인장들 사이를 껑충껑충 뛰어올라 몸을 솟구치며 갈퀴가 있는 기다란 날개를 펼친 후 요란한 소리를 내면서 허공에 떠올라, 반원형을 그리며 배회하다가 그들의 머리 위에서 창공을 향해 날아갔다. 그것은 조금 전 로스와 구세프가 새라고 생각한 그 존재였다. 구세프는 날아가는 짐승의 날개를 맞추려고 재빨리 권총으로 겨냥했다. 그러나 로스는 권총을 든 구세프의 손을 별안간 탁 내리치면서 소리쳤다.

"당신 정신 나갔소? 저건 화성 사람이오!"

구세프는 머리를 뒤로 젖히고 입을 벌린 채 짙푸른 하늘에서 선회하고 있는 그 신기한 존재를 보고 있었다. 로스는 손수건을 꺼내 그 이상한 새를 향해 흔들기 시작했다.

"므스티슬라프 세르게예비치! 조심하시오. 저놈이 하늘에서 우리에게 뭔가를 떨어뜨리지나 않는지…"

"제발 권총 좀 집어넣으시오."

'큰 새'는 내려오기 시작했다. 그제야 비행선의 안장 위에 앉아 있는 사람 같은 존재가 보였다. 그는 어깨 높이 정도에 두 개의 구부러진 날개가 펄럭이며, 허리 정도 높이로 떠 있었었다. 날개 밑 앞쪽으로 프로펠러인 듯한 원판이 휙휙 돌았다. 안장의 뒤에는 포크처럼 벌어진 조종관이 달린 꼬리가 있었다. 그 비행선은 살아 있는 것처럼 잘 움직였고 탄력이 있었다.

비행선은 양 날개를 아래위로 만들면서 급강하하여 바로 밭 옆을 스쳐 날아갔다. 그때 기다란 차양 달린 계란 모양의 모자를 쓴 화성인의 머리가 보였다. 그는 안경을 쓰고 있었고, 좁다란 벽돌 빛 얼굴에 뾰족한 코와 잔주름이 있었다. 화성인은 커다란 입을 짝 벌리고 무슨 소린가를 한참 떠들고 있었다. 날개를 자주 펄럭이며 땅에 내려와

밭을 얼마만큼 달리더니 사람들에게서 약 30보 정도 간격을 둔 곳에 멈춰 안장에서 내렸다.

화성인은 중키 정도의 사람과 비슷했으며 짧고 널찍한 노란색 윗도리를 입고 있었다. 그는 삐삐 마른 다리에 무릎까지 각반을 차고 있었다. 화성인은 쓰러진 선인장을 성난 시선으로 바라보았다. 그러나 로스와 구세프가 그에게 다가가자 화성인은 잽싸게 안장에 올라앉아 기다란 손가락으로 위협을 가한 후 거의 주행하지 않고 곧바로 떠올랐다가 즉시 착륙하여 부러진 선인장을 가리키며 가느다란 목소리로 계속해서 뭔가를 말했다.

"저자가 화를 내는군! 이 개놈아, 소리 좀 그만 지르라고! 우리한테 날아와! 괴롭히지 않을 테니까…" 하고 구세프는 화성인을 향하여 소리쳤다.

"알렉세이 이바노비치! 욕은 하지 마시오. 저 사람은 노어를 모릅니다. 앉으시오. 그렇지 않으면 우리한테 오지 않을 겁니다."

로스와 구세프는 뜨거운 땅 위에 앉았다. 로스는 목이 마르고 배가 고프다는 것을 화성인에게 보여주기 시작했다. 구세프는 담배를 피우며 침을 뱉었다. 한동안 그들을 보고 있던 화성인은 소리는 지르지 않았으나 여전히 성난 표정으로 연필과도 같은 기다란 손가락으로 계속 위협했다. 그 다음 그는 안장에서 자루를 풀어 로스와 구세프에게 던지고는 높이 떠올라 빠르게 빙빙 배회하다가 북쪽으로 날아가더니 이윽고 지평선 너머로 사라졌다.

자루 속에는 금속 상자 두 개와 액체가 담겨 있는 납작한 용기가 있었다. 구세프가 상자들을 여니 한쪽 상자에는 몹시 냄새가 나는 젤리가 있었고, 다른 상자에는 터키 과자를 연상시키는 젤리 같은 과자들이 들어 있었다. 구세프는 냄새를 맡아보더니,

"퉤! 이놈들은 이런 것을 먹는군!" 하고 말했다.

그는 우주선에서 식료품 바구니를 꺼내 마른 선인장 조각을 모아 불을 붙였다. 가벼운 연기가 나며 선인장이 겨우 탔지만 열은 많이 났다. 쇠고기 절임이 든 깡통을 불에 데운 후 깨끗한 수건 위에 음식을 차려놓았다. 그제야 참을 수 없는 허기를 느꼈기에 음식을 탐욕스럽게 먹었다.

태양은 바로 그들 머리 위에 높이 떠 있었으며 바람 한 점 없었기 때문에 매우 더웠다. 오렌지색 작은 언덕들 위로 다리가 많은 짐승이 기어왔다… 구세프는 그 짐승에게 건빵 한 조각을 던졌다. 그 짐승은 뿔이 난 삼각형의 머리를 들더니 돌이 된 듯 꼼짝하지 않았다.

로스는 구세프에게서 담배를 빌려 물고는 드러누워 뺨

을 받치고 담배를 피우며 미소를 지었다.

"알렉세이 이바노비치! 우리가 몇 시간 동안이나 아무 것도 안 먹었는지 알고 있습니까?"

"어제 저녁부터지요. 므스티슬라프 세르게예비치! 나는 비행하기 전에 감자를 배부르게 먹었습니다."

"동무! 당신과 난 23일 내지는 24일간 아무것도 먹지 않았다오."

"며칠 동안이라고요?"

"어제 페트로그라드가 8월 18일이었는데 오늘 페트로그라드는 9월 11일이란 말입니다. 정말 신기하지요?"

"내가 죽는 한이 있더라도 그것만은 이해하지 못하겠습니다, 므스티슬라프 세르게예비치."

"정말 그렇습니다. 나도 이것이 왜 그런지 잘 이해가 되지 않습니다. 우리가 어제 오후 일곱 시에 떠났는데, 보십시오,.지금은 오후 두시입니다. 그러니까 이 시계에 의한다면 우리는 열아홉 시간 전에 지구를 떠났죠. 그러나 나의 작업장에 있는 시계에 의한다면 거의 한 달이라는 시간이 지나갔습니다. 당신도 아시겠지만 열차를 타고 가면서 자다가 기차가 멈추게 되면 당신은 불쾌한 느낌으로 인해 잠을 깨든가 아니면 자면서도 고민하게 됩니다. 그것은 기차가 멈추게 될 때 당신 몸의 속도가 느려지기 때문입니다. 달리는 열차에 당신이 누워 있을 때에는 멈춰 있는 차량에 누워 있을 때보다 당신의 심장도 더 빨리 뛰고 당신의 시계 역시 더 빨리 갑니다. 속도가 아주 미미하기 때문에 그 차이도 별로 크지 않습니다. 그러나 우리의 비행은 이것과는 전혀 다릅니다. 우리는 우리 길의 약 절반을 거의 빛의 속도로 비행했습니다. 그러니까 차이는 아주 큰 것입니다. 우리가 진공 공간을 비행할 때 심장의 박동이라든가 시계의 움직임의 속도, 몸의 세포 속 미세 입자의 진동 등은 각기 따로따로 변하지 않고 우주선과 함께 하나의 리듬으로 움직였습니다. 그런데 만일 우주선의 속도가 지구상의 물체의 정상 속도보다 50만 배나 빨라진다면 우주선 안에 있는 시계에 의하여 1초에 한 번씩 박동하는 나의 심장의 박동 속도 역시 우리가 비행하는 동안 50만 배로 늘어나는 것입니다. 즉 페트로그라드에 두고 온 시계에 의하면 매초 50만 번씩 뛰었던 것입니다. 나의 심장이 박동하는 것과 나의 주머니 속에 있는 시계의 바늘이 움직이는 것과 나의 몸이 느끼는 그 감각에 의한다면 우리는 열아홉 시간 동안을 비행했습니다. 그리고 실제로도 열아홉 시간이었습니다. 그러나 페트로그라드 주민의 심장 박동과 페트로파블롭스크 사원의 시곗바늘의 움직임에 의한다면 우리가 비행을 시작한 때부터 3주 이상의 시간이 지나갔다는 것입니다. 미래에는 대형 우주선을 만들어 그 안에 반년 동안 필요한 식료품과 산소, 울트랄리지트를 실어놓고 어떤 기인들에게 다음과 같이 제안할 수 있을 겁니다. '당신은 우리 시대에 살기 싫단 말이오? 100년 후에 살고 싶소? 그렇다면 반년 동안만 참고 견디며 이 우주선에 앉아 있으시오. 그렇게 하고 나면 꿈같은 생활을 하게 될 겁니다! 당신은 100년을 뛰어넘게 될 겁니다.' 이런 자들을 반년 동안 행성 간의 공간으로 빛의 속도로 보낸다는 말이죠. 비행하는 동안 무척 지루할 겁니다. 그러나 마침내 덥수룩하게 되어 돌아오면 그자는 지구상의 황금시대를 보게 되는 거죠. 정말 이렇게 될 때가 꼭 올 것입니다."

구세프는 '오!' 하고 감탄하는가 하면 혀를 차기도 하면서 몹시 경탄했다.

"므스티슬라프 세르게예비치! 이 음료에 대해 어떻게 생각하십니까? 중독되지 않을까요?"

구세프는 화성인이 준 병을 들고 이빨로 마개를 딴 후 혀끝으로 액체를 맛보더니 침을 뱉고 나서 "괜찮은걸!" 하고 들이마신 다음 "캬!" 하는 소리를 내며 말했다.

"우리의 마데라 포도주와 비슷합니다."

로스도 맛을 보았다. 그것은 진하고 달콤한 꽃향기가 강하게 나는 음료였다. 그들은 맛을 보느라고 반병이나 마셨다. 핏줄로 더운 기운과 특히 경쾌한 힘이 돌았고, 머리가 맑아졌다.

로스는 일어서서 몸을 쭉 펴며 기지개를 켰다. 그는 이 상상하기도 어려운 훌륭한 행성의 다른 하늘 밑에서 기분이 상쾌해지고 마음이 가볍고 이상해짐을 느꼈다. 그는 별들의 바다에서 파도에 휩쓸리어 해변으로 밀려나온 것 같기도 했고, 알지 못하는 새로운 생활을 누리려 새로 태어난 것 같기도 했다.

구세프는 식료품 바구니를 우주선 안으로 들여놓고 승강구를 단단히 닫았다. 그리고 비행모를 뒤통수로 젖히면서 말했다.

"좋습니다, 므스티슬라프 세르게예비치! 난 떠나온 것을 후회하지 않습니다."

그들은 또다시 운하 주변으로 가서 저녁 무렵까지 구릉진 평야를 산책하기로 했다.

두 사람은 즐겁게 말을 주고받으면서 선인장 숲 사이를 지나가다가 가끔씩 가볍게 선인장들을 살짝 뛰어넘기도 했다. 얼마 지나지 않아 운하가 비탈의 판석 숲 사이로 새하얗게 보였다.

갑자기 로스는 멈춰 섰다. 혐오스러운 나머지, 등골이 오싹했다. 세 걸음가량 되는 곳의 즙 많은 선인장 잎사귀 뒤에서 불그스름한 눈꺼풀을 반쯤 감은, 말 눈처럼 커다란 눈이 표독스러운 눈초리로 로스를 뚫어지게 쳐다보았던 것이다.

"왜 그러십니까?"하고 물어본 구세프도 그 눈을 발견했다. 그러자 구세프는 생각할 새도 없이 즉시 그 눈에 대고 권총을 쏘았다. 먼지가 일어났다. 그 눈은 사라져버렸다. "또 하나 징그러운 것이 생겼군!" 구세프는 휙 돌아서서 커다란 발로 재빨리 도망치는, 줄무늬가 난 거미의 뚱뚱한 몸뚱이에 대고 권총을 또 한 방 쏘았다. 그것은 지구에서는 깊은 바다의 밑바닥에서만 사는 그런 매우 큰 거미였다. 그 왕거미는 숲 속으로 사라지고 말았다.

화성인들

아침 하늘에는 실타래와도 같은 눈부신 분홍빛 구름떼가 덮여 있었다. 태양빛을 받아 번쩍이는 비행선이 구름 사이의 짙푸른 하늘에 나타나는가 하면 분홍빛 구름 속으로 사라지면서 점점 하강하고 있었다. 세 개의 마스트를 가진 선체는 커다란 딱정벌레를 연상시켰다. 그 선체의 좌우 양옆으로 세 쌍의 뾰족한 날개들이 뻗어 있었다.

축축하고 번쩍이는 은백색 선체의 이 비행선은 구름을 가르며 하강하다가 선인장 밭 위에 떠 있었다. 좌우 마스트에서 수직 프로펠러가 요란한 소리를 내면서 돌기 때문에 비행선은 떠 있을 수 있는 것이었다. 선체 양옆에서 사다리들이 젖혀지고 비행선은 착륙했다. 돌던 프로펠러도 멎었다.

가냘픈 몸매를 가진 화성인들이 사다리를 타고 내려왔다. 그들은 모두 한결같은 옷차림이었다. 계란 모양의 모자를 썼으며 기다란 목깃이 달린 은백색의 널찍한 재킷을 입고 있었다. 기다란 목깃은 목과 얼굴의 아랫부분을 가리고 있었다. 그리고 그들은 모두 중간에 탄창이 달린 짧은 자동총을 가지고 있었다.

구세프는 미간을 찌푸리고 우주선 곁에 서 있었다. 권총에 손을 댄 채 화성인들이 두 줄로 정렬하는 것을 흘겨보았다. 그들은 구부린 팔꿈치 위에 총구를 올려놓고 있었다.

"저 개자식들은 총을 아낙네들처럼 쥐고 있군!" 하고 구세프는 중얼거렸다.

로스는 가슴에 손을 대고 미소를 지으면서 서 있었다. 비행선에서 맨 마지막에 내린 화성인은 큰 주름 잡힌 두루마기 같은 검은 가운을 입고 있었다. 모자를 쓰지 않은 그의 머리는 대머리인데다가 울퉁불퉁한 혹이 나 있었다. 턱수염이 없는 그의 좁다란 얼굴은 푸른빛이었다.

그는 발이 쑥쑥 빠지는 푹신푹신한 땅으로, 두 줄로 정렬한 병사들 앞을 지나 걸어왔다. 튀어나온 그의 눈이 구세프에게 싸늘한 시선을 던졌다. 그 다음 그는 로스를 눈여겨보았다. 사람들에게 다가선 그는 널찍한 옷소매 속에서 작은 손을 빼내 높이 쳐들고는 유리를 두드리는 듯한 가느다란 목소리로 새소리 같은 말을 천천히 했다.

"탈쩨틀."*

---

* 탈쩨틀 : 화성 말로 '지구'를 의미한다.

그의 눈은 휘둥그레졌으며 싸늘하고 흥분한 빛이 역력했다. 그는 새소리와 같은 말을 또다시 되풀이하고 나서 명령하듯이 하늘을 가리켰다. 로스는 한마디로 대답했다.

"지구."

"지구."

화성인은 지구란 말을 힘들여 반복하고 눈썹을 치켰다. 그의 머리의 혹들은 까맣게 되었다. 구세프는 다리 하나를 내밀며 "에헴" 하고 기침을 한 후 퉁명스럽게 대답했다.

"우린 소비에트 러시아에서 왔습니다. 우린 러시아 사람입니다. 우린 당신들에게 인사를 올립니다."

구세프는 거수경례를 했다.

"우린 당신들을 해치지 않을 테니 당신들도 우릴 해치지 마시오… 므스티슬라프 세르게예비치! 이 녀석은 우리 말을 한마디도 모르는 모양입니다."

영리해 보이는 화성인의 푸른빛 얼굴에는 아무런 표정도 나타나지 않았으며, 그의 평평한 이마의 양미간에는 긴장으로 말미암은 불그스름한 반점이 보일 따름이었다. 그는 가볍게 손을 들어 태양을 가리키며 이미 귀에 익은 소리로 이상한 말을 했다.

"소아쯜."*

그는 대지를 가리킨 후 마치 공을 끌어안듯 두 팔로 동그라미를 그려 보이는 것이었다.

"투마."*

그는 자기 뒤에 반원을 이루고 서 있는 병사들 중 한 사람을 가리킨 후 구세프와 자기와 로스를 가리키면서 말했다.

"쇼호."*

이렇게 그는 몇몇 물체의 이름을 말하고 나서 지구의 언어로 그 물체를 어떻게 부르는가를 들었다. 로스에게 다가선 그는 위엄 있게 로스의 양미간에 움푹 주름 잡힌 데를 무명지로 건드렸다. 로스는 인사를 드린다는 의미로 머리를 숙였다. 구세프는 그자가 자기도 이렇게 건드리자 모자의 차양을 이마로 내려 쓰면서 "우리를 야만인 취급하는군!" 하고 투덜거렸다.

화성인은 우주선에 다가가 가까스로 놀라움을 감추면서 오랫동안 살펴보았다. 이윽고 우주선의 작동원리를 깨

---

* 소아쫄 : 화성말로 '태양'을 의미한다.
* 투마 : 화성말로 '화성'을 의미한다.
* 쇼호 : 화성말로 '지구인'을 의미함.

달았는지 광재(鑛滓)가 씌워진 강철제의 커다란 계란 모양 우주선을 황홀하게 바라보았다. 갑자기 그는 손뼉을 치며 병사들 쪽으로 홱 돌아서서 불끈 쥔 주먹을 하늘로 뻗으며 무슨 말인지를 그들에게 재빨리 말하기 시작했다.

"아이우." 하고 병사들은 새된 목소리로 외쳤다.

그런데 그는 흥분한 나머지 이마에 손바닥을 대고 크게 한숨을 쉰 후 로스 쪽으로 돌아서서 이제는 싸늘하지 않은 눈물이 괴고 흐리터분한 눈으로 상대방의 눈을 바로 들여다보면서 말했다.

"아이우! 아이우 우타라 쇼호, 다찌아 투마 라 게오 탈쩨틀."

이렇게 말한 다음 그는 손으로 눈을 가리고 낮게 허리를 굽혔다. 그는 몸을 일으켜 병사 하나를 부르더니 좁다란 단검을 병사에게서 받아 쥐고는 칼끝으로 우주선 외판(外板)에 있는 계란과 그 위의 지붕, 옆에 서 있는 병사를 그리는 것이었다. 그의 어깨 너머로 보고 있던 구세프가 말했다.

"우주선의 주위에 천막을 치고 경비병을 세우자고 제의합니다. 그런데 므스티슬라프 세르게예비치! 승강구에 자물쇠가 없는데 놈들이 우리 물건을 훔쳐가면 어쩌지요?"

"제발 그런 어리석은 말은 하지 마시오, 알렉세이 이바노비치!"

"글쎄 그 안에는 공구들과 의복 등이 있지 않습니까? 난 저 병사 한 놈을 눈여겨보았는데 도대체 저놈의 면상은 믿을 수가 없어요."

화성인은 로스와 구세프가 주고받는 말을 경건하고도 주의 깊게 듣고 있었다. 로스는 경비병의 감시하에 우주선을 남겨두는 것에 대해 승낙한다는 것을 제스처로 보여주었다. 화성인은 얇고 커다란 입으로 호각을 불었다. 그러자 비행선에서도 귀청이 찢어질 듯한 호각 소리가 들려왔다. 화성인은 호각으로 어떤 신호를 보냈다. 제일 높은 중앙 마스트에서 머리카락처럼 가느다란 쇠줄 조각들이 올라가더니 불꽃 튀는 소리가 들렸다.

화성인은 로스와 구세프에게 비행선을 가리켰다. 병사들은 다가서며 반원형을 이루었다. 그들을 휙 돌아본 구세프는 쓰디쓴 미소를 짓고 우주선으로 다가가 내의와 기타 용품이 들어 있는 배낭 두 개를 꺼내고 승강구를 단단히 닫았다. 그런 다음 병사들에게 승강구를 가리키고 권총을 탁 치며 손가락으로 위협하고는 협박하는 얼굴 표정을 지어 보이기까지 했다. 이러한 제스처를 보는 화성인들은 어리둥절할 뿐이었다.

"자, 알렉세이 이바노비치! 우리는 포로 아니면 초대받은 손님, 둘 중의 하나일 겁니다. 어쨌든 진퇴양난이군요." 이렇게 말하고 나서 로스는 픽 웃으며 배낭을 어깨에 둘러멨다. 그리고 그들은 비행선으로 향했다.

비행선의 마스트에서 수직 프로펠러들이 요란하게 돌기 시작했다. 날개가 밑으로 내려졌고 프로펠러들이 우르릉거렸다. 손님인지 포로인지 모르는 그들은 휘청거리는 사다리로 비행선에 올랐다.

소아쩨라

소아쩨라의 푸른빛 윤곽, 층을 이루고 있는 건물들의 평평한 지붕, 녹색으로 뒤덮인 격자 모양의 벽, 타원형 거울 같은 연못, 투명한 탑 등이 야산 너머에서 차츰 나타나기 시작하더니 어느덧 드넓게 펼쳐지고는 아득한 지평선 너머에서 사라져 버렸다. 도시 상공에서 무수한 검은 점들이 비행선 맞은편으로부터 날아왔다.

생명이 약동하고 있는 운하 지대는 북쪽으로 사라졌다. 도시 동쪽으로는 쇄석들로 뒤덮이고 마구 파헤쳐진 황량한 벌판이 펼쳐져 있었다. 이 벌판의 한쪽 끝에는 틈이 생기고 이끼가 잔뜩 낀 커다란 입상이 길고도 짙은 그림자를 드리우고 있었다.

돌로 만들어진 이 벌거숭이 사람은 두 발을 맞붙이고 똑바로 서 있었으며, 두 팔은 좁다란 넓적다리에 딱 붙이고 있었다. 흠집투성이 혁대는 불룩하게 나온 앞가슴 밑에 질끈 동여매어져 있었고, 물고기 등과도 같은 날카로운 볏으로 장식된, 귀가 큰 그의 투구는 햇빛을 받아 어슴푸레 빛나고 있었다. 광대뼈가 나오고 눈을 감고 있는 그의 얼굴은 초승달 모양의 입으로 미소 짓고 있었다.

"마가찌틀"* 하고 화성인은 말하면서 하늘을 가리켰다.

입상 뒤로 멀리 거대한 반원형 지대의 폐허와 파괴된 수로교(水路橋) 아치의 골조가 보였다. 눈여겨 살펴본 로스는 아까 그 평야의 쇄석 무더기들이라든가 구덩이와 언덕들이 고대 도시의 흔적이라는 것을 깨닫게 되었다. 새 도시 소아쩨라는 이 폐허의 서쪽에 있는 번쩍거리는 호수를 지나서부터 시작되었다.

하늘의 검은 점들은 가까워지고 커졌다. 이 점들이란 날개 달린 비행선과 안장과 범포로 만든 새와 낙하산 달린 바구니를 타고 날아오는 수백 명의 화성인들이었다.

맨 처음 날아와서 급선회를 한 것은 시가와 같이 좁다란 몸뚱이의 잠자리처럼 날개 넷을 가진 빛나는 황금빛 비행선이었다. 그 비행선에서 꽃과 여러 가지 색종이들이 비행선의 동체 위로 떨어졌으며 감격하는 이들의 얼굴이 내다보였다.

로스는 모자를 벗고 로프를 붙잡은 채 서 있었다. 바람

---

* 마가찌틀 : 화성의 역사에서 언급되는, 2만 년 전에 홍수로 멸종한 지구상의 한 종족.

은 그의 흰 머리카락을 날렸다. 선실에서 올라온 구세프도 그의 곁에 섰다. 비행선에서 한 아름의 꽃이 로스와 구세프에게 떨어졌다. 이곳으로 날아온 화성인들의 푸른빛 얼굴과 거무스름한 얼굴, 벽돌 빛 얼굴에는 흥분과 경탄, 공포가 어려 있었다.

이제 천천히 비행하는 비행선의 좌우와 앞과 위로 수백 대의 비행선들이 함께 날았다. 낙하산이 달린 바구니에 앉은 줄무늬 모자를 쓴 뚱뚱보는 수직하강을 하면서 손을 흔들었다. 망원경을 보는, 얼굴이 우툴두툴한 사람이 획 지나가 버렸다. 날개 달린 안장에 앉은, 코가 뾰족한 화성인은 걱정스런 표정으로 머리카락을 바람에 휘날리며 비행선 앞을 맴돌면서 어떤 회전 상자를 로스에게 대고 돌렸다. 큰 눈에 얼굴이 창백한, 푸른 모자를 쓰고 푸른 옷소매를 나부끼며 황금빛 목도리를 한 여인 셋이 탄, 온통 꽃을 수놓은 비행선이 획 지나갔다.

프로펠러 소리, 날개에 부딪치는 바람 소리, 가느다란 휘파람 소리 등과 황금빛 광채의 다채로운 옷 등이 푸른 하늘을 수놓고 있었고, 아래쪽에서는 진홍색, 은백색, 담황색 잎이 공원을 뒤덮고 있었으며, 고층 건물의 창문들이 햇빛을 받아 반짝이고 있었다. 이 모든 것이 마치 꿈처럼 느껴졌다. 머리가 어지러웠다. 구세프는 이리저리 살피면서 귓속말로 중얼거렸다.

"저걸 보시오, 저걸 보란 말이오. 정말 신기한데요!"

비행선은 옥상 정원 위로 날아 큰 원형 광장에 조용히 착륙했다. 그러자 곧 수백 척의 비행선과 바구니와 날개 달린 안장들이 하늘에서 완두콩처럼 광장의 흰빛 판석들 위로 흔들거리며 착륙했다. 광장으로부터 별 모양으로 갈라진 거리에서 군중들이 한꺼번에 달려 나와 꽃과 색종이를 뿌리면서 손수건을 흔들었다.

비행선은 암적색의 돌로 쌓은 피라미드처럼 높고 육중한 어두운 석조 건물 옆에 착륙했다. 건물 높이의 3분의 1쯤 되는, 위로 올라갈수록 점점 가늘어지는 네모난 기둥들 사이의 넓은 층계에 화성인의 무리가 서 있었다. 그들은 모두 검은 가운을 입고 둥근 모자를 쓰고 있었다. 로스가 나중에 알게 된 사실이지만 그들은 화성 전국의 최고 통치기관인 최고 기사(技師) 이사회 위원들이었다.

안내자 화성인은 로스에게 기다리라는 제스처를 취했다. 병사들은 층계를 통해 광장에 달려 내려와 비행선을 둘러싸고, 밀려드는 군중을 막고 있었다. 구세프는 다채로운 옷들로 가득 찬 시끄러운 광장과 머리 위 높이 날아오르는 많은 날개들, 회색 혹은 암적색의 웅장한 건물들, 지붕 너머로 보이는 투명한 탑의 모습들을 황홀한 시선으로 바라보았다.

"참 훌륭한 도시인데!" 하고 구세프는 발장단을 맞추며 경탄했다.

층계에 섰던 검은 가운을 입은 화성인들은 좌우로 갈라졌다. 그러자 역시 검은 가운을 입은, 우울하게 생긴 긴 얼굴과 기다랗고 좁게 난 검은 턱수염을 가진 키 크고 구부정한 화성인이 나타났다. 그의 둥근 모자 꼭대기에는 물고기 등과 같은 금빛 볏이 번쩍이고 있었다.

지팡이를 짚으면서 층계를 절반쯤 내려온 그는 지구에서 온 사람들을 움푹 들어간 거무스름한 눈으로 유심히 바라보았다. 로스도 주위 깊게 경각심을 갖고 그를 쳐다보았다.

"저 도깨비는 왜 저렇게 보고 있는 거지요?"

구세프는 귓속말로 투덜거리고 난 후 군중을 향해 무탈하게 소리쳤다.

"화성인 동무들, 안녕하십니까? 우리는 소비에트 공화국의 이름으로 여러분을 축하합니다… 우리는 여러분과 선린 관계를 맺으려고 이곳에 왔습니다…"

군중은 경탄해 마지않으며 숨을 길게 내쉬고는 쑥덕거리다가 다시 떠들썩하게 웅성거리기 시작했다. 우울한 화성인은 턱수염을 틀어쥐고 군중 쪽으로 시선을 돌리더니 흐릿한 시선으로 광장을 바라보았다. 그의 시선에 흥분한 수많은 사람들은 다시 조용해졌다. 그는 층계에 서 있는 화성인들 쪽으로 몸을 돌리고 몇 마디 말한 다음 지팡이를 들어 비행선을 가리켰다.

    그러자 한 화성인이 비행선으로 달려가 비행선 갑판 위에서 허리를 구부린 그 대머리 화성인에게 무언가를 재빨리 조용하게 말했다. 신호 호각 소리가 들리기 무섭게 두 명의 병사가 갑판 위에 올라가자 프로펠러가 윙윙거리며 돌기 시작하더니 육중한 비행선은 광장을 이륙하여 북쪽을 향해 도시 상공을 날아갔다.

감청색 숲 속에서

소아쩨라는 멀리 야산들 너머로 사라졌다. 비행선은 평야 위를 날았다. 가끔 가다 단조로운 건물들이 줄지어 서 있는 모습과 기둥 및 고가도로 망, 광갱의 출입구와 좁다란 운하를 따라 움직이는 짐 실은 평저선 등이 보였다.

이윽고 숲 위로 바위산의 봉우리들이 차츰 보이기 시작했다. 비행선은 하강하며 협곡 위로 날더니 어둡고 울창한 숲 속 비스듬히 경사진 초원 위에 착륙했다.

로스와 구세프는 배낭을 메고 대머리 동행인과 함께 숲을 향해 초원으로 내려갔다.

나무 밑에서 용솟음치는 수포들은 이슬방울이 반짝이는 무성한 풀 위에서 영롱한 무지갯빛을 내고 있었다. 키가 작고 털이 긴 검은 가축들과 흰 가축들이 비탈진 풀밭에서 풀을 뜯어 먹고 있었다. 평화로웠다. 시냇물도 고요하게 졸졸 흘렀다. 산들바람이 솔솔 불어왔다.

털이 긴 가축들은 게으르게 몸을 일으켜 사람들에게 길을 내주고는 곰의 발처럼 생긴 발을 움직여 옆으로 물러나면서 납작한 짧은 얼굴을 돌렸다. 노란 새들이 초원에 내려앉아 무지갯빛 분수 밑에서 털을 세우더니 몸을 털었다.

숲에 다다랐다. 무성한 가지를 드리운 나무들은 새파란 감청색이었다. 나뭇진이 많은 잎들은 드리운 가지들에서 사각사각 소리를 냈다. 알록달록한 나무줄기들 사이로 멀리 떨어져 있는 호수의 빛나는 표면이 보였다. 이 푸른 숲의 싱그럽고 달콤한 무더위로 인해 머리가 멍해졌다.

숲 속에는 오렌지색 모래를 깔아놓은 길이 여러 갈래로 나 있었다. 길들이 교차되는 둥근 공지에는 사암으로 만든 오래된 커다란 입상들이 서 있었는데 그중 어떤 것들은 부서졌고 어떤 것들은 이끼가 껴 있었다. 풀숲 위에는 거대한 건물 벽의 잔재와 기둥들의 파편이 널려 있었다.

구부러진 길은 호수로 통했다. 암청색 호수면 위로 멀리 바위산의 봉우리들이 거꾸로 비쳐 있었다. 가지를 드리운 나무들의 그림자가 물속에서 살짝 흔들렸다. 눈부신 태양이 밝게 빛나고 있었다. 호수로 흘러가는 시냇가 굽이에는 이끼 낀 층계가 있었고 그 좌우로 두 개의 커다란 좌석상이 있는데 틈이 갈라지고 덩굴 식물들로 뒤덮여 있었다.

층계에 젊은 여인이 나타났다. 여인은 끝이 뾰족한 노란 고깔모자를 쓰고 있었다. 앉아서 잠결에 늘 미소 짓고 있는, 이끼 낀 육중한 마가찌틀 석상 곁에 선 여인은 몸매가 소년처럼 호리호리했고 얼굴에는 희고 푸른빛이 감돌았다. 여인은 미끄러지면서 돌 모서리를 붙잡고 머리를 살짝 들었다.

"아엘리타." 하고 화성인은 속삭이고 나서 옷소매로 눈을 가리고 로스와 구세프를 오솔길에서 숲 속으로 인도했다.

얼마 안 지나 그들은 넓은 공지로 나왔다. 그 공지의 깊숙한 곳, 무성한 풀밭 속에 경사진 벽을 가진 음울한 회색 건물이 있었다. 그 건물 앞의 모래 깔린 별 모양의 광장으로부터 풀밭을 지나 아래쪽 숲으로 통하는 곧은길이 보였는데 나무사이로 나지막한 석조 건물들이 자리하고 있었다.

대머리 화성인이 휘파람을 불자 줄무늬 가운을 입은 키가 작은 뚱뚱보 화성인이 집 모퉁이에서 나타났다. 그의 적자색 얼굴은 마치 붉은 사탕무로 문질러놓은 듯한 모습이었다. 햇빛에 눈을 찡그리며 다가온 그는 손님들이 누구라는 것을 듣자 그 즉시 집 뒤로 뺑소니를 치려고 했다. 그러나 대머리 화성인이 위압적으로 몇 마디 말하자 뚱뚱보는 무서워서 주춤하다가 몇 개 남지 않은 입 속의 누런 이빨을 보이면서 돌아서서 손님들을 집으로 안내했다.

휴식

 손님들은 좁은 창문들이 공원을 향해 나 있는 휑하지만 밝고 작은 방들로 안내되었다. 식당과 침실 벽에는 흰 휘장이 쳐져 있었다. 방구석에는 화분이 놓여 있었다. "수하물 바구니 같은 아주 멋진 집인데요." 하고 구세프는 이 집에 대한 적절한 말을 찾아냈다.
 줄무늬 가운을 입은 뚱뚱보는 이 집의 집사였다.
 욕조에 물을 채워놓은 다음 그는 로스와 구세프를 각각 다른 목욕탕으로 인도했다. 욕조 밑바닥에서는 더운 김이 솟아올랐다. 방울방울 떠오르는 따뜻하고 가벼운 물이 몹시 피로한 몸을 건드리는 것이 얼마나 달콤했던지 로스는 욕조에서 졸기까지 했다. 로스는 집사가 손을 잡고 도와줘서 욕조에서 나올 수 있었다.
 로스는 식당까지 간신히 발을 옮겨놓았다. 식탁에는 많은 음식들이 차려져 있었는데 그것들 중에는 채소와 고기만두도 있었고 작은 계란과 과일들도 있었다. 호두만한 크기의 바삭바삭 부서지는 빵은 입속에서 저절로 녹았다. 칼도 포크도 없었다. 음식 그릇마다 작은 이쑤시개가 꽂혀 있었다. 고급 요리를 맛있게 먹어 치우는 지구인들을 보며 집사는 어처구니 없어했다. 구세프는 식욕이 돌았다. 특히 그는 싱그러운 꽃 냄새가 나는 포도주가 마음에 들었다. 포도주는 입 안에서 증발되었고 전신의 핏줄에 경쾌하고 더운 기운을 불어넣어 주었다.

손님들을 침실까지 안내한 집사는 이불을 여며주고 베개를 바로잡아 주느라고 오랫동안 분주했다. 그러나 곧 '하얀 거인들'은 깊이 잠들어 버렸다. 그들의 요란한 숨소리와 코 고는 소리에 유리창이 흔들렸고 구석에 놓여 있는 식물이 바르르 떨렸으며 화성인과는 다른 육중한 몸으로 인해 침대가 삐그덕거리기도 했다.

로스는 눈을 떴다. 천장 구멍에서 푸르스름한 인공 광선이 흘러내렸다. 누워 있기가 따뜻하고도 유쾌했다. '무슨 일이 생겼나? 내가 어디에 누워 있지?' 그러나 그 의문을 풀지 못한 채 또다시 눈을 감고 단잠에 빠져들었다.

잠결에 그는 미소를 짓는가 하면 미간을 찌푸리기도 하면서 아물거리는 태양의 반점들로 엮어진 엷은 막을 뚫으려고 애를 썼다. 그러나 보다 더 깊은 잠이 그를 구름으로 가려버렸다.

....

로스는 침대에서 벌떡 일어나 앉았다. 그는 머리를 숙

인 채 한참 동안 앉아 있었다. 그는 벌떡 일어나서 커튼을 옆으로 젖혔다. 좁다란 창밖에는 커다란 별들이 얼음 빛으로 명멸하고 있는데 밤하늘의 풍경은 낯설고 이상하며 아주 기이했다.

"옳지, 그렇지! 난 지구에 있는 것이 아니지. 여기는 얼음같이 황량한 곳이며 끝없는 공간이야. 그러니까 난 새로운 세계에 와 있는 거지. 그래, 그래! 나는 죽었어! 나의 생명은 거기에 남아 있지…" 하고 로스는 중얼거렸다.

그는 심장이 뛰는 가슴 부분을 손톱으로 찔러보았다.

"이것은 삶도 죽음도 아니야. 살아 있는 뇌와 살아 있는 몸뚱이이긴 하지만 생활은 그곳에 남아 있는 거야…"

그는 무엇 때문에 겨우 이틀이 지나서 지구가 그립고, 별들 너머로 멀리 떨어져 있는 그곳에 있던 자신이 몹시 그리워져 견딜 수 없는 고통에 시달리는지 이해할 수 없었다. 마치 그의 숨이 끊어지고 마음은 시꺼먼 빈 얼음 공간 속에서 질식하는 듯했다. 그는 또 베개 위에 쓰러지고 말았다.

....

"누구요?"

로스는 벌떡 일어났다. 아침 햇빛은 곧바로 창문을 눈

부시게 비추었다. 짚으로 지은 듯한 작은 방은 눈부실 정도로 깨끗했다. 창밖에서는 나뭇잎들이 와스스 흔들렸고 새들이 지저귀었다. 로스는 눈을 비비고 크게 한숨을 내쉬었다.

누군가 또 문을 똑똑 두드렸다. 로스가 문을 활짝 열자 줄무늬 가운을 입은 뚱뚱보가 이슬 맺힌 파란 꽃다발을 배 위에 두 손으로 움켜쥐고 서 있었다.

"아이우 우타라 아엘리타." 꽃다발을 내밀면서 뚱뚱보가 이렇게 말했다.

흐릿한 구상(球狀) 물체

 누군지 문을 할퀴는 듯한 소리가 들렸다. 뚱뚱보가 또 왔다. 그는 공포와 존경심에 사로잡혀 약간 엉거주춤하며 자기의 뒤를 따라오라고 손짓했다. 로스는 즉시 일어나 자신의 흰 머리를 손바닥으로 쓰다듬었다. 구세프는 단호하게 콧수염을 비틀어 올렸다. 손님들은 뚱뚱보가 안내하는 대로 복도와 층계를 지나 그 집의 먼 방으로 갔다.

 뚱뚱보 집사가 나지막한 문을 톡톡 두드렸다. 문 뒤에서 곧 어린애 목소리와도 같은 목소리가 들렸다. 로스와 구세프는 길쭉한 흰 방으로 들어갔다. 천장의 창을 통해 들어온 햇빛이 모자이크식 마루와 부유하는 먼지를 비쳤고, 평평한 옷장들 사이에 놓여 있는 청동 입상과 줄지어 놓여 있는 책들이며 뾰족한 다리를 가진 작은 탁자들과 구름 빛 스크린 거울이 마루에 반사되었다.

 문에서 멀리 떨어지지 않은 곳에 목과 팔목까지 가린 검은 원피스를 입은 엷은 아마 빛 머리카락의 젊은 여인이 서 있었다. 높이 올린 여인의 머리 위에서는 도금한 책표지들에 반사된 광선 속의 먼지가 춤추고 있었다. 그 여인은 어제 호숫가에서 화성인이 아엘리타라고 부르던 바로 그 여인이었다.

로스는 허리를 낮게 굽혀 인사를 했다. 아엘리타는 미동도 하지 않고 아마 빛의 커다란 눈동자로 로스를 쳐다보았다. 여인의 희고 푸른빛의 갸름한 얼굴이 약간 떨렸다. 살짝 올라간 코끝과 조금 갸름한 입술이 어린애 같은 귀염성을 띠게 했다. 가파른 비탈을 올라가기라도 하는 듯 검은 원피스의 부드러운 주름 밑의 가슴이 아래위로 들먹거렸다.

"엘리오 우타라 게오." 음악처럼 청아한 부드러운 목소리로, 거의 귓속말처럼 이렇게 말한 후 여인은 얼마나 낮게 머리를 수그렸던지 뒤통수까지 보일 정도였다.

대답 대신 로스는 손가락의 우두둑하는 소리만 냈다. 로스는 잔뜩 힘을 주고 무슨 이유인지 멋 부린 말투로 말했다.

"오, 아엘리타! 지구에서 온 우리는 그대를 환영합니다."

이렇게 말한 로스는 얼굴이 빨갛게 되었다. 이에 반해 구세프는 아주 품위 있게 말했다.

"이렇게 인사를 드리게 되어 기쁩니다. 나는 연대장 구세프이고 이분은 기사 므스티슬라프 세르게예비치 로스입니다. 우리를 환대해 주셔서 매우 고맙다는 말씀을 드리러 왔습니다."

인간의 언어를 듣고 난 아엘리타는 머리를 들었다. 그런데 그녀의 얼굴은 아까보다 평정한 모습이었고 눈동자도 줄어들어 있었다. 아엘리타는 묵묵히 손을 내밀고 한참 동안 손바닥을 위로 돌린 채 서 있었다. 로스와 구세프는 여인의 손바닥 위에 담록색 구상 물체가 나타나는 것을 본 듯했다. 그런 다음 아엘리타는 급히 손을 뒤집은 후 도서실 깊숙한 곳의 책 선반들을 향하여 걸어갔다. 손님들도 아엘리타 뒤를 따라갔다.

이제야 로스가 살펴보니 아엘리타의 키는 로스의 어깨 정도까지 왔으며 그녀가 아침에 보낸 그 알싸한 향기의 꽃처럼 몸은 부드럽고 가벼웠다. 여인의 널찍한 긴 원피스 옷자락이 거울 같은 모자이크 마루 위에 질질 끌렸다. 아엘리타는 머리를 돌릴 때마다 미소를 지었으나 어쩐지 그 눈에는 흥분과 불안이 어려 있었다.

여인은 도서실의 반원형으로 넓혀진 곳에 놓여 있는 긴 의자를 가리켰다. 로스와 구세프는 앉았다. 그러자 아엘리타는 그들 맞은편에 놓여 있는 책상에 마주 앉아, 책상 위에 팔을 올려놓고 상냥스러운 시선으로 손님들을 뚫어지게 바라보았다.

그들은 이렇게 잠자코 얼마 동안을 앉아 있었다. 로스

는 약간씩 편안하고 상쾌한 감정을 느꼈다. 정말로 신기하고 이상한 이 처녀와 한 자리에 앉아 마주보게 된 것이 로스에게는 몹시도 행복했다. 구세프는 한숨을 내쉬고 귓속말을 했다.

"좋은 처녀예요, 아주 훌륭한 처녀입니다."

그제야 아엘리타가 말을 하기 시작했는데 그의 아름다운 목소리는 그야말로 악기를 연주하는 듯했다. 아엘리타는 입술을 약간씩 놀리며 무슨 말인가를 한 구절씩 되풀이했다. 그녀의 잿빛 속눈썹은 맞붙는가 하면 또 천천히 떨어지기도 했다.

여인은 또다시 손을 앞으로 내밀고 손바닥을 위로 돌렸다. 그러자 곧 로스와 구세프는 움푹한 손바닥에서 작은 사과만 한 담록색 안개 같은 구상 물체를 발견했다. 그 구체 속의 물체는 움직였고 색깔도 변했다.

이제 두 손님과 아엘리타는 이 구름 같고 오팔 같은 사과를 보고 있었다. 그런데 그 속에서 흐르고 있던 물줄기들이 갑자기 멈춰 서며 검은 점들을 통과시켰다. 로스는 자세히 보다가 비명을 질렀다. 아엘리타의 손바닥에 지구가 놓여 있는 것이었다.

"탈쩨틀." 아엘리타는 그것을 손가락으로 가리키며 이렇게 말했다.

구상 물체는 천천히 돌기 시작했다. 아메리카의 윤곽이며 아시아의 태평양 연안이 지나갔다. 구세프는 흥분하기 시작했다.

"여기에 우리가, 러시아 사람들이 삽니다." 손톱으로 시베리아를 가리켜 보이면서 구세프가 말했다.

우랄 산맥은 구불구불한 그림자로, 볼가 강 하류의 물줄기는 가느다란 실처럼 보였다. 백해의 해안선도 나타났다.

"여깁니다" 하고 로스는 핀란드 만을 가리키면서 말했다.

아엘리타는 놀라는 시선으로 로스를 쳐다보았다. 돌아가던 구상 물체는 멈춰 섰다. 그 순간 로스가 정신을 집중하자 지도 조각이 그의 기억 속에 떠오르게 되었다. 그러자 곧 그가 상상한 것이 나타나기라도 한 듯 안개 같은 구상 물체 표면에 검은 점이 보이고 그 점으로부터 실과도 같은 철도 선로들이 퍼져 나갔다. 푸른 평원에는 '페트로그라드'란 말이 쓰여 있었다.

아엘리타는 그 구상 물체를 눈여겨보다가 손으로 가렸다. 그러자 그녀의 손가락을 통해 구상 물체가 보였다. 로스를 쳐다보더니 아엘리타는 머리를 가로저었다.

"오체오, 호 수아" 하고 아엘리타가 말했다. 로스는 그것을 "정신을 집중하여 회상하세요"라는 말로 이해했다.

그러자 로스는 페트로그라드의 윤곽을 회상하기 시작했다. 화강암으로 된 해안 도로, 네바 강의 차디찬 푸른 물결, 그 속에서 부침하는 보트, 안개 속에 걸려 있는 니콜라예프 다리의 기다란 아치, 공장들의 짙은 연기, 흐릿한 석양의 연기와 먹구름들, 축축한 거리들, 잡화점의 간판, 길모퉁이 늙은 마부의 모습 등이 떠올랐다.

아엘리타는 턱을 괴고 조용히 앉아 구상 물체를 보고 있었다. 그 구상 물체 속에서는 선명한 듯한 혹은 지워진 듯한 로스의 추억이 흘렀다. 이삭 성당의 둥근 지붕이 희미하게 보이다가 그 다음으로 강기슭의 화강암 층계와 반원형의 벤치, 그 위에 앉아 있는 수심에 찬 아마 빛 처녀가 나타났는데 그 얼굴이 흔들리며 사라지더니 그 위로 왕관을 쓴 스핑크스 둘이 보였다. 그것이 사라지자 줄줄이 쓰여 있는 숫자와 도면의 그림들이 보였으며 불타오르는 화로와 그 곁에서 풀무질을 하고 있는 우울한 호흡로프가 나타났다.

아엘리타는 자기 눈앞에서 안개가 흐르는 구상 물체 속에서 흘러가고 있는 이상한 생활을 오랫동안 보고 있었다. 그런데 갑자기 영상이 혼잡하게 되더니 전혀 다른 장면들이 나타났다. 연기와 불빛, 질주하는 말들과 도망치고 쓰러지는 사람들이 보였다. 잠시 후에는 얼굴이 피투성이가 된 텁수룩한 어떤 사내가 스크린을 막으며 나타났다. 구세프는 한숨을 쉬었다. 아엘리타는 불안에 싸여 구세프에게로 얼굴을 돌리더니 곧 손바닥을 뒤집었다. 그러자 구상 물체는 사라졌다.

아엘리타는 팔꿈치를 괴고 손으로 눈을 가린 채 몇 분 동안 앉아 있었다. 그 다음 일어나서 선반 위의 실린더 한 개를 들고 뼈로 만든 롤러를 빼낸 후 스크린이 달린 책상에 꽂아 넣었다. 그 다음 아엘리타가 끈을 당기자 도서실 위 창문에서 푸른 커튼이 내려졌다. 책상을 긴 의자에 가까이 당겨놓은 후 아엘리타는 스위치를 켰다.

스크린의 거울이 환해지자 그 스크린으로 화성인, 짐승, 집, 나무, 가구들이 위에서부터 아래로 나타나기 시작했다.

아엘리타는 각 대상들의 명칭을 불렀다. 그리고 그 대상들이 움직이거나 결합할 때는 동사를 말했다. 가끔씩 영상들은 노래 부르는 책에서처럼 색채 부호들과 섞였다. 그럴 때에는 들릴락 말락하는 음악적 음절이 들렸다. 아엘리타는 개념을 말했다.

아엘리타는 조용한 목소리로 말했다. 이 이상한 자모들의 형상이 천천히 지나갔다. 고요한 도서실의 푸르스름한 어둠 속에서 아엘리타의 아마 빛 눈이 로스를 뚫어지게 바라보았으며, 아엘리타의 목소리는 부드럽고도 힘 있는 마술로써 사람들의 의식 속으로 파고들었다. 그들은 머리가 띵해졌다.

이윽고 로스는 머릿속이 선명해지며 안개 휘장이 걷히는 듯한 느낌을 받았다. 그러자 새 단어들과 개념들이 기억에 잘 아로새겨졌다. 이것은 오랫동안 계속되었다. 아엘리타는 이마를 문지르고 나서 한숨을 쉬며 스크린을 꺼버렸다. 로스와 구세프는 안개 속에 앉아 있는 것 같았다.

"이젠 가서 주무시죠." 하고 아엘리타는 아직 귀에 익숙하지 않은 언어로 손님들에게 말했으나, 그 의미만큼은 몽롱한 의식 속에 선명하게 비춰졌다.

층계 위에서

어느덧 일주일이 지나갔다.

로스와 구세프는 아침마다 일찍 잠을 깼다. 목욕을 하고 식사를 한 후 그들은 도서실로 갔다. 아엘리타는 주의 깊고 상냥스러운 시선으로 그들을 문지방에서 맞아들였다. 이제 아엘리타가 하는 말을 거의 다 이해할 수 있었다. 어슴푸레한 도서실의 정적과 아엘리타의 고요한 속삭임은 표현할 수 없는 평온한 감정을 자아냈다. 아엘리타의 눈망울은 생기가 넘쳐 둥그스름하게 되었다. 그리하여 이곳에서 마치 꿈을 꾸는 듯이 느껴졌다. 스크린에서는 그림자들이 어른거렸고 단어는 부지불식간 의식으로 들어왔다.

처음에 음절로만 받아들여지던 단어가 그 다음에는 안개 속으로부터 희미하게 비치는 것 같은 개념이 되었으며, 점점 생동감 넘치는 진액으로 가득 차게 되었다. 이제 로스가 아엘리타란 이름을 부를 때 그에게서 두 가지 감정이 일어났다. '마지막으로 보여진다'라는 의미의 첫 번째 말은 슬픈 감정을 일으켰고, '별빛'이라는 의미의 두 번째 말은 은백색 광선을 감촉하게끔 했다. 이렇듯 새 세계의 언

어느 가장 미세한 물질로 의식 속으로 흘러 들어갔다.

이러한 수업은 일주일 동안 계속되었다. 수업은 아침과 해진 후부터 밤중까지 계속되었다. 그러나 아엘리타가 피로했던 모양인지 8일째 되는 날 아침, 손님들을 깨우러 보내지 않았기 때문에 로스와 구세프는 저녁때까지 잠을 잤다.

로스가 침대에서 일어났을 때에는 나무의 기다란 그림자가 창문을 통해 보였다. 무슨 새인가가 수정을 울리는 듯한 단조로운 목청으로 노래를 불렀다. 로스는 부랴부랴 옷을 입고 구세프를 깨우지 않은 채 슬그머니 방을 나와 도서실로 가서 문을 두드렸다. 그러나 아무런 대답이 없었다. 그러자 로스는 일주일 만에 처음으로 마당에 나갔다.

로스는 층계에 다가섰다. 갑자기 닥쳐온 어둠에 아직 눈이 익숙해지지 않았다. 그는 조각상 무릎에 팔꿈치를 올려놓고 서서 진펄 꽃들의 매캐한 냄새와 호수의 축축한 공기를 들이마셨다. 물 위에서 엷은 안개가 떠올랐기 때문에 별들의 반사광은 흐릿해졌다. 그렇지만 성좌들은 점점 더 밝게 빛났으므로 이제 잠든 나뭇가지와 빛나는 자갈, 그리고 앉아 있는 마가찌틀의 웃는 얼굴이 똑똑히 보였다.

로스는 오랫동안 서서 보고 있다가 돌 위에 올려놓은 팔이 저려서 석상에서 물러섰다. 그때야 비로소 그는 아래 층계에 있는 아엘리타를 발견하게 되었다. 아엘리타는 검은 물에 반사된 별들을 들여다보면서 꼼짝도 하지 않고 앉아 있었다.

"아이우 뚜 이라 하스헤, 아엘리타." 로스는 자기가 한 말의 이상스러운 소리를 자기 역시 놀랍게 들으면서 이렇게 말했다. 그는 몹시 추워서 가까스로 그 말을 발음했다. "아엘리타! 당신에게 방해가 되지 않을까요?" 로스는 아직 귀에 익지 않은 언어로 이런 말을 했던 것이다.

아엘리타는 천천히 머리를 돌리며 입을 열었다.

"괜찮습니다."

로스는 층계에 나란히 앉았다. 아엘리타는 고깔모자가 달린 망토를 입고 있었기 때문에 그녀의 머리카락은 보이지 않았고 별빛으로 얼굴만 보였다. 또한 눈구멍의 커다란 그림자만 보였을 뿐 눈은 보이지 않았다.

아엘리타는 싸늘한 목소리로 무심하게 물었다.

"당신은 행복했어요? 거기, 지구에서?"

로스는 즉시 대답하지 않고 아엘리타를 쳐다보았다. 그녀의 얼굴은 미동도 하지 않았으며 입술은 슬픈 표정을 짓고 있었다.

"네, 나는 행복했었습니다" 하고 로스는 대답했다.

"지구에서는 무엇을 행복이라고 하는가요?"

로스는 또다시 아엘리타를 바라보았다.

"아마 자기 자신을 잊어버리는 것이 우리 지구에서의 행복이겠지요. 완전무결하고 조화로운 생활과 기쁨을 주는 사람을 위하여, 그렇게 살고자 하는 염원을 지닌 자야말로 행복한 사람입니다."

아엘리타는 그에게로 몸을 돌렸다. 백발이 성성한 거인을, 인간을 놀란 시선으로 바라보고 있는 아엘리타의 큰 눈이 보였다.

"그러한 행복은 여자에 대한 사랑에서 옵니다." 하고 로스는 말했다.

아엘리타는 다시 몸을 돌렸다. 그녀가 머리에 쓰고 있는 뾰족한 고깔모자가 떨렸다. 아엘리타가 웃었는가? 아니, 웃지는 않았다. 그러면 울었는가? 아니, 울지도 않았다. 로스는 불안에 싸여 이끼 낀 층계에서 안절부절못했다. 아엘리타는 약간 떨리는 목소리로 말했다.

"무엇 때문에 당신은 지구를 버리고 이곳에 왔어요?"

"내가 사랑했던 여자가 죽었습니다. 절망을 이겨낼 용기가 부족했으므로 삶은 나에게 고통이 되어버렸습니다. 나는 도망친 놈이며 비겁한 자입니다." 하고 로스는 대답했다.

아엘리타는 망토 속에서 손을 내밀어 큼직한 로스의 손에 올려놓았다가 다시 망토 속으로 집어넣었다.

"난 내 삶에서 이런 일이 생길 줄 알았어요." 하고 아엘리타는 마치 생각에 잠기는 듯 입을 열었다. "소녀 시절부터 나는 이상한 꿈을 꾸었어요. 높다란 푸른 산, 우리 강과는 다른 맑은 강물, 새하얗고 커다란 구름 덩어리, 비, 급류, 거인들을 꿈속에서 보았어요. 나는 내가 미친 줄로 알았어요. 그 후 나의 선생님은 이것이 '아슈헤', 즉 두 번째 시각이라고 하더군요. 우리들, 마가찌틀의 후손들에게는 다른 삶에 대한 기억이 살아 있고 싹트지 않은 씨앗과도 같은 아슈헤가 졸고 있어요. 아슈헤는 무서운 힘이고 위대한 지혜예요. 그러나 나는 행복이 무엇인지 몰라요."

아엘리타는 망토 속에서 두 손을 내밀고 어린애처럼 손뼉을 쳤다. 그녀의 고깔모자가 또다시 떨렸다.

"나는 벌써 여러 해 동안 밤이면 이 층계에 나와 별들을 쳐다봐요. 나는 아는 것이 많아요. 난 당신에게 맹세하건대, 정말 난 당신이 언제라도 알아서는 안 되고 또 알 필요도 없는 그런 것을 알고 있어요. 그러나 난 구름 떼와 폭우, 푸른 산과 거인들이 꿈에 보이던 그 어린 시절에만 행복했어요. 선생님은 나에게 경고했어요. 그이는 내가 죽게 될 거라고 했어요." 아엘리타는 갑자기 로스에게 얼굴을 돌리고 생긋 웃었다.

로스는 어쩐지 기분이 이상해졌다. 아엘리타는 신비스러울 정도로 아름다웠으며 고깔모자가 달린 그녀의 망토와 손, 얼굴과 숨결에서는 위험하고도 매캐하며 달콤한 냄새가 났다.

"선생님은 '하오가 너에게 죽음을 가져오리라.'고 말씀했어요. '하오'란 것은 강림이란 말이에요."

아엘리타는 또 몸을 돌려 망토의 고깔모자를 두 눈까지 내려 썼다.

한참 동안 침묵을 지키다가 로스가 입을 열었다.

"아엘리타! 당신이 안다는 것을 좀 이야기해 주시오."

"그건 비밀이에요. 그러나 당신은 인간이기 때문에 많은 얘길 해드려야겠어요." 하고 아엘리타는 정중히 말했다.

아엘리타는 얼굴을 들었다. 은하수 좌우 큰 성좌들은 마치 영원한 바람이 그 성좌들의 불길을 불기라도 하는 듯 그렇게 명멸하고 있었다. 아엘리타는 한숨을 쉬었다.

"그럼 들으세요, 내가 하는 말을 주의 깊게, 침착하게 들으세요." 하고 아엘리타는 말했다.

우연한 발견

 땅거미가 내릴 무렵 구세프는 아무런 할 일이 없어 방들을 두루 살펴보기 시작했다. 이것은 겨울을 나기 위해 튼튼하게 지어진 큰 건물이었다. 이 집에는 많은 복도와 층계, 텅 빈 홀과 죽음과 같은 정적이 깃든 회랑들이 있었다. 이 방 저 방을 드나들며 살펴보고 난 후 구세프는 하품을 하며 중얼거렸다.
 "이놈들이 잘 살기는 하지만 지루하겠군!"
 구세프는 어두운 현관 계단으로 나갔다. 그는 돌층계 위에 앉아 정든 담배 케이스를 꺼내 담배를 피웠다.
 풀밭 아래쪽에 있는 숲 주위에서 목동이 뛰어다니면서 둔탁하게 울어대는 하쉬*들을 벽돌 헛간으로 몰아넣고 있었다. 그쪽 높은 풀숲 속 오솔길로 우유가 담긴 작은 양동이 두 개를 든 여인이 구세프에게로 왔다. 구세프를 보자 그녀는 하얀 이빨을 내보이며 생긋 웃었다.
 그 여인의 이름은 이하였지만 구세프는 그녀를 이호슈

---

* 모양이 곰 같기도 하고 소 같기도 한, 육중하고 털이 긴 화성의 가축 이름.

카라고 불렀다. 그녀는 집사의 조카인데 몸집이 통통하고 얼굴이 거무스름하고 푸르스름한 쾌활한 처녀였다.

그녀는 구세프 곁을 빠르게 스쳐 지나가며 그쪽을 향해 코를 찡긋했다. 구세프는 처녀의 엉덩이를 한 대 때릴까 하다가 그만두었다. 그저 앉은 채 담배를 피우며 기다렸다.

아니나 다를까 얼마 안 되어 이호슈카는 광주리와 칼을 가지고 다시 나타났다. 하늘의 아들 구세프와 조금 떨어져 앉아 채소를 씻기 시작했다. 그녀는 짙은 속눈썹을 자주 깜빡거렸다. 이 모든 것으로 미루어보아 그녀가 쾌활한 처녀라는 것은 자명했다.

"어째서 화성의 여자들은 모두 푸른빛이야? 이호슈카! 너는 바보처럼 참된 생활이 무엇인지 모르는구나!" 하고 구세프가 노어로 말했다.

이하가 대답했다. 구세프는 마치 꿈결에 듣는 듯하면서도 이호슈카의 말뜻을 알아들었다.

"학교에서 나는 성자들의 역사를 배웠는데 그 역사에는 하늘의 아들들이 사악하다고 적혀 있었어요. 그런데 책에 적혀 있는 것과 실제는 다르군요. 하늘의 아들들은 전혀 사악하지 않네요."

"그래. 우리는 착한 사람들이란다." 하고 구세프는 한쪽 눈을 찡긋하며 말했다.

이호슈카는 깔깔 웃어대며 껍질을 빠르게 씻었다.

구세프는 아주 가까이 다가가 앉았다. 이호슈카는 짧게 한숨을 내쉬며 머리를 숙이더니 더 크게 한숨을 쉬었다. 그러자 구세프는 주위를 두리번거리며 살피고 나서 이호슈카의 어깨를 잡고 그녀의 입에 뜨겁게 키스를 했다. 이호슈카는 있는 힘을 다해 광주리와 칼을 끌어안았다.

"그럼 그렇겠지, 이호슈카!" 하고 구세프가 말하자 이호슈카는 벌떡 일어나 달려가 버렸다.

"그렇지! 이런 장난은 그만둬야지!" 하고 구세프는 말했다. 그는 일어나서 혁대를 바로잡고 숙소로 갔다. 복도에 들어서자 이호슈카가 구세프 앞에 나타났다. 구세프는 손가락으로 이호슈카를 유인하여 복도를 함께 걸었다. 구세프는 얼굴을 찡그리고 정신을 집중하면서 화성인의 말을 했다.

"이호슈카, 너! 내 말을 잘 기억해 둬. 만일 무슨 일이 생긴다면 난 너한테 장가를 들겠어. 그런데 내 말을 들으란 말이야. (이호슈카는 벽 쪽으로 얼굴을 돌리고 벽에 코를 박고 서 있었다. 그는 그녀를 벽에서 떼놓으며 손을 꽉 잡았다.) 아직 코를 벽에 박지 말란 말이야. 난 아직 장가를 안 들었으니까. 이거 봐! 하늘의 아들인 나는 그저 장난이나 하자고 화성에 온 것이 아니야. 나는 이 별에서 큰 사업을 할 계획을 갖고 있어. 그런데 이곳이 생소하다 보니 이곳 질서를 잘 모르겠단 말이야. 그러니까 네가 나를 도와줘야겠어. 그런데 거짓말을 해서는 안 돼! 물어볼 게 좀 있어! 주인은 어떤 사람이야?"

"우리 주인은…" 이호슈카는 귀에 익지 않은 구세프의 말을 알아들으려고 노력하면서 대답했다. "우리 주인은 투마 전국의 통치자예요."

"아니 그럴 수가?" 구세프는 어안이 벙벙했다. "거짓말이지?" 그는 귓바퀴를 긁었다. "그 사람을 공식적으로 어떻게 불러? 왕이라고 불러? 그 사람의 직책이 뭐야?"

"그분의 이름은 투스쿠프예요. 그분은 아엘리타의 아버지세요. 최고 이사회의 위원장이시구요."

"응, 알겠어."

구세프는 한참 동안 묵묵히 걸었다.

"이호슈카! 저기 저 방에 희뿌연 거울이 있는 것을 보았어. 그걸 좀 봤으면 좋겠는데. 그걸 어떻게 보는지 방법을 좀 가르쳐줘."

그들은 낮은 의자들이 놓인 어두컴컴하고 좁은 방으로 들어갔다. 벽에는 희뿌연 거울이 보였다. 구세프는 스크린 가까이에 있는 소파에 앉았다. 이호슈카가 물었다.

"하늘의 아들이여, 무엇을 보시겠습니까?"

"도시를 보여줘!"

"지금은 밤이니까 어느 곳이든 일이 끝났고 공장과 상점들도 문을 닫았으며 광장들도 텅 비어 있어요. 그럼 구경거리를 보여드릴까요?"

"응, 그래!"

이호슈카는 숫자 판에 스위치를 꽂고 기다란 줄의 끝을 쥔 후 하늘의 아들이 다리를 쭉 펴고 앉아 있는 소파 곁으로 갔다.

"시민 오락회예요." 하고 말하면서 이호슈카가 줄을 잡아당겼다.

그러자 수천 명의 군중들이 웅성거리며 떠들어대는 우울한 소음이 들려왔다. 그 다음 거울이 환해졌다. 유리로 된 아치형 천장의 드넓은 조망이 드러났다. 광폭의 조명등 광선이 커다란 현수막과 간판, 형형색색의 연기를 피우고 있는 화성인들의 클럽을 비추었다. 그 밑으로 화성인들이 인산인해를 이루고 있었다. 어떤 곳에서는 날개를 단 화성인들이 박쥐처럼 아래위로 날고 있었다. 유리로 된 아치형 천장과 서로 교차되는 광선들, 소용돌이치는 군중들은 먼지와 연기가 자욱한 어둠 속 깊은 곳으로 사라졌다.

"저 사람들은 뭘 하고 있는 거야?" 어찌나 시끄러웠던지 구세프는 목청을 높이며 이렇게 물었다.

"값비싼 연기 냄새를 맡고 있어요. 연기가 보이지요? 저건 하브라 잎을 피우는 연기예요. 저건 값비싼 연기예요. 저건 불로장생하는 연기래요. 저런 연기 냄새를 맡은 사람은 신기한 것을 본대요. 마치 영원히 사는 것 같고, 신기한 것을 보고 이해할 수도 있대요. 많은 사람은 울라*의 소리를 듣는대요. 어느 누구도 하브라를 자기 집에서 피울 권리를 갖고 있지 않아요. 자기 집에서 하브라를 피우는 자는 사형에 처해요. 최고 이사회만이 저런 잎을 피울 권리를 허가해 주고 있고, 이 집에서 1년에 열두 번만 하브라 잎을 피워요."

"저기 저 사람들은 뭘 하고 있는 거야?"

"저 사람들은 숫자 바퀴를 굴려 숫자를 알아맞히고 있어요. 오늘은 모든 사람이 다 숫자 알아맞히는 게임에 참여할 수 있어요. 숫자를 알아맞힌 사람은 일생 동안 일하지 않아도 된대요. 최고 이사회가 그에게 훌륭한 집과 밭, 10마리의 하쉬와 날개 달린 비행선을 주기 때문이죠. 그

---

* 울라 : 피리와 유사한 화성의 악기.

러니까 숫자를 알아맞힌다는 것은 큰 행복이에요."

그 다음 구세프는 또 다른 것을 보여달라고 했다.

"보세요, 또 재미있는 거예요!" 하고 말하며 이호슈카는 줄을 잡아당겼다.

환한 거울의 절반을 누군가의 등이 가리고 있었다. 천천히 말하는 엄한 목소리가 들렸다. 등은 흔들거리더니 거울에서 멀어졌다. 구세프는 커다란 아치의 한 부분과 그 깊숙한 곳에 서 있는 네모난 기둥들, 금으로 새긴 글과 기하학적 모양들로 뒤덮인 벽의 한 부분을 보았다. 그 밑의 탁자 주위로는 며칠 전에 우중충한 건물의 층계에서 지구 사람들을 태우고 온 비행선을 맞이하던 그 화성인들이 머리를 숙이고 앉아 있었다.

금실로 짠 비단을 덮어놓은 탁자 앞에 아엘리타의 아버지 투스쿠프가 서 있었다. 그의 가는 입술은 실룩거렸고 금실로 짠 비단 가운에 드리워진 검은 턱수염도 흔들렸다. 그는 일견 석상과도 같았다. 희미하고 우울한 그의 시선은 바로 자기 앞에 있는 스크린을 똑바로 뚫어지게 쳐다보고 있었다. 드디어 투스쿠프가 입을 열었는데 그의 위엄 어린 말은 이해할 수 없으면서도 소름이 끼치는 것이었다. 탈쩨틀이란 말을 몇 번 되풀이하고 나서 마치 누구를 때리기라도 하듯 불끈 쥔 주먹을 내리쳤다. 그의 맞은편에 앉아 있던 창백한 큰 얼굴을 가진 화성인이 벌떡 일어나 흰자위가 번득이는 약이 오른 눈으로 투스쿠프를 보면서 소리치는 것이었다.

"그들이 아니라 당신이지요!"

이호슈카는 깜짝 놀랐다. 이호슈카는 거울을 마주하고 앉아 있었지만 아무것도 보지도, 듣지도 못했다. 그것은 하늘의 아들의 큼직한 손이 처녀의 등을 어루만졌기 때문이었다. 거울 속에서 고함이 들리자 "뭐라고 말하는 거야?" 하고 구세프가 여러 번 물어보았다. 그러나 이호슈카는 마치 잠에서 깬 듯 입을 벌리고 거울을 쳐다볼 뿐이었다. 그러다가 갑자기 절망에 찬 소리를 내고는 줄을 잡아당겼다.

거울은 꺼졌다.

"내가 실수했어요… 난 무심코 연결시켜 놓았어요… 어느 쇼호든지 최고 이사회의 비밀을 들어서는 안 돼요."

이호슈카는 이까지 덜덜 떨었다. 그녀는 불그스름한 머리카락에 손가락을 찔러 넣으며 절망적인 목소리로 속삭였다.

"난 그만 실수를 했어요. 난 죄가 없어요. 아! 그러나 날 동굴로, 만년설이 쌓인 곳으로 보낼 거예요."

그날 밤 구세프는 로스의 침실에 들어가 말했다.

"므스티슬라프 세르게예비치! 우리 처지가 별로 좋지 않은 것 같습니다. 한 계집애를 꾀여서 거울을 켜게 했는데 때마침 최고 기사 이사회 회의를 보게 되었습니다. 무얼 좀 알아냈지요. 무슨 조치를 취해야만 할 것 같습니다. 그렇지 않으면 놈들은 우리를 죽여버릴 것입니다. 므스티슬라프 세르게예비치! 내 말을 믿어주시오. 그렇게 끝날지도 모릅니다."

로스는 듣는 둥 마는 둥 그저 공상 어린 시선으로 구세프를 멍하니 쳐다볼 뿐이었다. 로스는 손을 머리 뒤로 갖다 대며 말했다.

"마술입니다. 알렉세이 이바노비치! 마술이죠… 불을 끄세요."

구세프는 잠깐 서 있다가 속절없이 중얼거렸다.

"그러지요!"

구세프도 자러 나갔다.

아엘리타의 아침

 일찍 잠을 깬 아엘리타는 팔꿈치를 베고 누워 있었다. 아엘리타는 깊은 잠을 이루지 못했던 것이다.
 "피의 불안, 지력의 쇠퇴, 오래전 겪었던 것으로의 쓸데없는 귀환… 피의 불안—골짜기와 가축 떼, 모닥불로의 귀환… 봄바람, 근심, 소생… 죽음을 피할 수 없는 존재를 낳아 기르고 그 다음 매장… 또다시 불안, 어머니의 고통… 불필요한 맹목적인 생의 연장…"
 아엘리타는 이런 생각에 잠겨 있었다. 그리하여 생각만은 지혜로웠으나 불안은 사라지지 않았다. 그러자 아엘리타는 자리를 털고 일어나 실내화를 신고 알몸의 어깨에 가운을 걸치고 목욕탕으로 갔다.
 목욕을 하고 나니 그녀의 몸은 한결 상쾌해졌으나 생각은 다시 일상에 대한 걱정으로 되돌아갔다. 아엘리타는 매일 아침 부친과 대화를 하도록 되어 있었다. 그녀의 화장하는 방에는 자그마한 스크린이 설치되어 있었다.
 아엘리타는 화장용 거울 앞에 앉아 머리를 정돈하고 얼굴과 목, 손에 향유와 향수를 바르고 난 다음 눈을 치켜뜨고 거울에 비친 자기의 얼굴을 유심히 들여다보다가 얼굴을 찌푸리며 스크린이 있는 탁자를 당겨놓고 숫자 판을 연결시켰다.

뿌연 거울에는 낯익은 부친의 사무실 책장들과 회전하는 프리즘 위에 꽂힌 통계도와 도면들이 나타났다. 투스쿠프가 들어오더니 탁자에 앉아 팔꿈치로 원고를 밀어놓고 눈으로 아엘리타를 찾았다. 부친은 길고 가는 입가에 미소를 지으며 물었다.

"아엘리타! 잘 잤니?"

"네, 잘 잤어요. 집은 모두 다 괜찮아요."

"하늘의 아들들은 무얼 하니?"

"그들은 안정되고 만족해해요. 아직 자는가 봐요."

"지금도 언어 수업을 계속하니?"

"아니, 그만두었어요. 기사는 이제 우리말을 잘하고 그의 동지 역시 괜찮게 해요."

"그 사람들 우리 집에서 떠날 생각이 없다든?"

"아니, 없대요. 아, 없대요."

아엘리타는 너무 다급히 대답했다. 투스쿠프의 흐릿한 눈은 놀라서 휘둥그레졌다. 아엘리타는 아버지의 눈총을 견딜 수 없어 의자의 등받이에 등이 닿을 때까지 뒤로 물러나 앉았다. 드디어 투스쿠프가 말했다.

"나는 널 이해하지 못하겠구나!"

"뭘 이해하지 못하신단 말씀이세요? 아버지! 왜 아버진 저에게 모든 것을 다 말해주시지 않는 거지요? 아버지는 지구 사람들을 어떻게 하실지 결정하셨나요? 아버지! 제발 이렇게 빌어요…"

아엘리타는 말을 채 끝맺지 못했다. 투스쿠프는 화가 치미는 듯 얼굴을 찡그렸다. 거울이 꺼졌다. 그러나 아엘리타는 계속해서 흐릿한 거울을 들여다보았다. 그녀와 모든 살아 있는 존재들에게 공포를 일으키는 아버지의 얼굴이 아직 보였던 것이다.

"아, 무서운 일이야! 아, 정말 그것은 끔찍한 일일 거야!" 하고 외치며 아엘리타는 벌떡 일어났으나 손을 내리고 곧 다시 주저앉았다.

아엘리타는 그 어떠한 불안에 점점 더 휩싸였다. 그녀는 커다랗게 된 눈으로 거울에 비친 자기의 얼굴을 들여다보았다. 불안이 핏속에서 소용돌이쳤고 소름 끼치게 했다. "아, 불행이구나. 아, 헛된 꿈이로구나!"

아엘리타의 눈앞에는 지난밤 꿈과도 같이 하늘의 아들 모습이 불현듯 나타났다. 백설 같은 흰 머리카락을 가진, 흥분된 큼직한 얼굴, 이해할 수 없는 끊임없이 변하는 표정, 그리고 지구의 햇빛과 습기를 머금은 애수 어린 상냥한 눈, 안개 속 낭떠러지와도 같이 몸서리치게 하는 눈, 지력을 잃게 하는 번개와도 같은 눈…

아엘리타는 천천히 머리를 흔들었다. 심장은 무섭게 두근두근 고동쳤다. 숫자 판 위로 몸을 숙이고 그녀는 스위치를 꽂았다. 흐릿한 거울에는 방석이 많이 놓인 안락의자에 앉아 졸고 있는 주름투성이 노인의 모습이 나타났다. 창문을 통해 들어오는 광선은 보풀이 일어난 담요 위에 고요히 놓여 있는 그의 빼빼 마른 손 위로 떨어졌다. 노인은 놀라며 코끝으로 내려간 안경을 바로잡아 쓰고 나서 안경의 위 테두리 너머로 스크린을 쳐다보더니 이빨 없는 입에 미소를 띠었다.

"내 어린 사람아! 무슨 말을 하려고?"

"선생님! 전 불안에 휩싸였어요. 지력의 명확성도 잃어버렸어요. 전 이걸 두려워하고 원치 않지만 저로서는 어떻게 할 도리가 없어요."

"하늘의 아들이 널 불안하게 하니?"

"네. 제가 이해할 수 없는 그것 때문에 그이가 절 불안케 해요. 선생님! 전 방금 아버지와 얘길 했어요. 아버지께선 불안해하세요. 제가 느끼기에 최고 이사회에 투쟁이 있는 모양이에요. 전 이사회가 끔찍한 결정을 내릴까봐 겁이 나요. 도와주세요."

"넌 방금 하늘의 아들 때문에 불안하다고 말했지? 그

렇다면 그 사람이 완전히 없어지는 게 차라리 낫지 않겠니?"

"아니에요!" 아엘리타는 흥분하면서 다급히 이렇게 대답했다.

아엘리타의 눈을 들여다보고 있던 노인은 얼굴을 찡그렸다. 그리고는 주름 잡힌 입술을 실룩거렸다.

"아엘리타! 난 네 생각의 흐름을 잘 이해하지 못하겠다. 네 사색에는 표리와 모순이 있구나."

"네, 저도 그것을 느껴요."

"그것은 네 생각이 잘못되었다는 것에 대한 훌륭한 증명이다. 최고의 사색은 명확하고 냉정하며 모순되지 않지. 네가 원하는 대로 해주마. 네 부친하고 말해보겠어. 그도 정열적인 사람인 만큼 지혜와 공정성에 어긋나는 일을 범할 수가 있어."

"그럼 믿겠어요."

"안심해라, 아엘리타! 그리고 주의해라! 자기의 내면을 들여다봐! 네 불안의 원인이 뭐지? 네 피의 밑바닥에서 고대의 침전물이, 붉은 암흑이 떠오르는 거야. 그것은 생을 지속하려는 갈망이야. 너의 피는 불안한 상태에 빠졌어…"

"선생님! 그이가 저를 불안케 하는 것은 다른 이유 때문이에요."

"너를 불안케 하는 것이 아무리 숭고한 감정이라 할지라도 너에게서 여성이 눈을 뜬다면 너는 멸망하게 될 줄 알아. 아엘리타! 냉철한 지혜만이, 기름기와 색욕에 젖지 않는 육신만이 — 모든 살아 있는 것의 피할 수 없는 죽음에 대한 평온한 관찰만이, 보잘것없는 생의 실험이 더 이상 필요 없을 만큼 이미 완성에 도달한 너의 영혼이 의식의 한계를 넘어 존재의 마지막 순간을 기다릴 때만이 — 오로지 그것만이 행복을 가져다준단다. 그런데 넌 다시 돌아가고자 한단 말이냐? 나의 어린 사람아, 넌 그런 유혹을 두려워해야만 한다. 엎질러지기는 쉽고 산에서 굴러 떨어지기는 빠르지만 그러나 산을 오르기란 어렵고도 느린 법이란다. 그러니까 넌 지혜로워져야 한다!"

이런 말을 듣자 아엘리타의 머리는 수그러졌다…

"선생님!" 갑자기 입을 뗀 아엘리타의 입술은 떨렸고 눈에는 애수가 어려 있었다. "하늘의 아들은, 지구상에서 그들은 이지보다 더 높고, 지식보다 더 높고, 지혜보다 더 높은 그 무엇을 안다고 말했어요. 그것이 무엇인지 난 이해하지 못했어요. 그것이야말로 나의 불안의 원인이에요. 어제 우리는 호숫가에 앉아 있었는데 떠오르는 붉은 별을 손으로 가리키면서 그이는 '저 별은 사랑의 운무로 싸여 있습니다. 사랑을 맛본 사람들은 영원히 죽음을 모릅니다.' 하고 말했어요. 선생님! 내 가슴은 근심으로 터질 듯했어요."

노인은 얼굴을 찌푸리고 빼빼 마른 손가락들만 놀릴 뿐 오랫동안 말이 없었다.

"그렇다면 하늘의 아들로 하여금 너에게 그 지식을 주라고 해라. 모든 것을 다 알기 전에는 나를 불안하게 하지 마라. 어쨌든 조심해라!"

거울은 꺼졌다. 방 안은 조용해졌다. 아엘리타는 무릎 위 손수건을 집어 얼굴을 닦았다. 그 다음 자기 얼굴을 주의 깊고 엄격하게 살펴보았다. 그녀의 눈썹은 위로 치켜져 있었다. 아엘리타는 자그마한 함을 열고 허리를 낮게 구부려 물건들을 뒤적였다. 그녀는 신비한 짐승 인드리의 발을 말려 귀한 금속 테 속에 넣은 목걸이를 찾아 목에 걸었다. 고대의 전설에 의하면 그것은 여자들이 곤란할 때 도움을 준다고 한다.

아엘리타는 한숨을 쉬고 도서실로 갔다. 창문가에 앉아 있던 로스는 일어나 아엘리타를 마중하러 갔다. 아엘리타는 로스를 쳐다보았다. 어질고 불안에 싸인 큰 얼굴이었다. 아엘리타는 가슴이 뜨거워졌다. 가슴 위에, 신비한 짐승의 발 위에 손을 얹은 후 아엘리타는 말했다.

"어제 나는 아틀란티스 대륙의 멸망에 대한 이야기를 해드리겠다고 약속을 했지요. 그럼 앉아서 들으세요."

도시를 구경하고 있는 구세프

구세프의 머릿속에는 도시로 도망칠 계획이 떠올랐다. 지금 있는 곳은 쥐덫과도 같았다. 정작 무슨 일이 생긴다면 방어도 할 수 없고 도망칠 수도 없었다. 그들이 심각한 위험에 직면해 있다는 것을 구세프는 의심하지 않았다.

구세프는 이호슈카에게 날개 달린 비행선들이 있는 격납고 열쇠를 가져오라고 시켰다. 구세프는 등불을 들고 격납고에 들어가 속력이 빠름직한 날개 둘 달린 자그마한 비행선 위에서 온 밤을 보냈다. 기계 장치는 단순했다. 자그마한 엔진은 전기 불꽃 작용으로 무서운 힘을 내며, 분해되는 백색 금속 조각을 연료로 이용하고 있었다. 전기 에너지는 비행선이 날 때 공중에서 획득했다. 그것은 화성이 남북극에 있는 발전소에서 송전하는 고압 전기로 덮여 있었기 때문에 가능했다. (이것에 대해서는 아엘리타가 이야기했다.)

구세프는 비행선을 격납고 문 가까이에 끌어다 놓았다. 열쇠는 이호슈카에게 되돌려 주었다. 필요한 경우 자물쇠는 손으로 끊을 수도 있었다.

그 다음 구세프는 소아쩨라 시를 감시하기로 결심했

다. 이호슈카는 흐릿한 거울 보는 법을 구세프에게 가르쳐주었다. 투스쿠프 집의 말하는 스크린은 일방향적이었다. 즉 그것을 보는 사람은 보이지 않고 그의 말도 들리지 않는 것이었다.

구세프는 광장과 상가, 공장, 노동자 거주지 등 도시 전체를 일일이 살펴보았다. 흐릿한 거울 속에 이상한 생활이 보이면서 휙휙 지나가 버렸다.

벽돌로 지은 공장들의 낮은 작업실, 먼지 낀 창문을 통해 비치는 희미한 빛, 푹 꺼진 눈과 절망 어린 시선을 가진 노동자들의 주름진 우울한 얼굴, 끝없이 움직이는 작업대와 기계들, 구부정한 모습, 정확한 작업 동작─말하자면 우울하고 암담한 개미와 같은 생활이었다.

곧고 단조로운 노동자 주택 지구의 거리가 나타났다. 이 거리들 역시 우울한 모습의 사람들이 머리를 숙인 채 맥없이 걷고 있었다. 깨끗이 청소된 모두 다 똑같은 그 벽돌집 복도에는 수천 년의 권태가 느껴졌다. 이곳 사람들은 이제 아무런 희망도 품지 않는 모양이었다.

중앙 광장이 보였다. 그곳에서는 사다리꼴로 늘어선 집들이며 넝쿨진 형형색색의 초목들, 햇빛을 반사하는 유리창, 화려한 옷차림을 한 여인들이 보였다. 거리 한복판에는 작은 탁자들과 꽃이 가득한 꽃병들이 있었다. 이리저리 걸어가는 잘 차려입은 군중들과 검은 가운을 입은 남자들, 집의 전면 모습 - 이 모든 것이 푸르스름하게 포장된 도로에 반사되었다. 금빛 비행선들이 낮게 날았으며 그 날개 그림자가 스쳐 지나갔고 치켜든 얼굴들은 웃고 있었으며 알록달록한 가벼운 솔이 나부꼈다…

도시에는 두 가지 생활이 존재했다. 구세프는 이 모든 것을 기억해 두었다. 경험이 많은 구세프인지라 그 두 가지의 생활 이외에 또 다른 세 번째 생활, 지하 생활이 있다는 것을 그는 즉각적으로 깨달았다. 아닌 게 아니라 도시의 즐비한 거리와 공원들에서 지저분한 옷차림을 한 술이 얼큰하게 취한 많은 젊은 화성인들이 방황하고 있었다. 그들은 주머니에 손을 집어넣고 한가히 돌아다니며 이리저리 살피고 있었다. 구세프는 '옳지! 네놈들이 뭘 한다는 건 우리도 잘 알아!' 하고 생각했다.

이호슈카는 구세프에게 모든 상황을 자세히 설명해 주었다. 그러나 이호슈카는 최고 기사 이사회 청사를 볼 수 있도록 스크린을 연결하는 것만은 절대 알려주지 않았다.

처녀는 질겁하며 팔짱을 끼고 붉은 머리카락을 흔들며 말했다.

"하늘의 아들이여! 그것만은 못하겠어요. 귀중한 하늘의 아드님이시여, 차라리 날 죽이세요!"

14일째 되는 날 아침 구세프는 여느 때와 마찬가지로 안락의자에 앉아 숫자 판을 무릎 위에 올려놓고 줄을 당겼다. 그러자 거울 스크린에 이상한 정경이 나타났다. 중앙 광장에는 불안에 싸여 귓속말을 주고받는 화성인들의 무리가 보였다. 포장도로 위에 있는 작은 탁자와 꽃들, 형형색색의 양산들이 사라져버렸다. 그 대신 대열을 지은 병사들이 나타나더니 바위 같은 얼굴을 한 무서운 인형들처럼 삼각대형으로 움직였다. 그리고 상업 거리에는 군중들이 뛰어다녔고 싸움이 벌어졌다. 그곳에서 몸을 빼낸 어떤 화성인이 날개 달린 비행선을 타고 휙 날아올랐다. 공원에서도 불안한 무리들이 귓속말을 하고 있었다. 어느 공장에서는 웅성거리는 노동자 무리가 나타났는데 모두들 흥분된 우울하고 잔인한 얼굴이었다.

시내에서 어떤 매우 중대한 사건이 벌어진 모양이었다. 구세프는 이호슈카의 어깨를 흔들며 "무슨 일이 생겼어?" 하고 물었다. 그러나 그녀는 정겹고 희미한 눈으로 구세프를 바라볼 뿐 아무 대답도 하지 않았다.

투스쿠프

 도시는 불안에 싸여 있었다. 거울 전화들은 웅얼거리고 깜빡거렸다. 거리와 광장, 공원들에서는 화성인 무리들이 귓속말을 주고받았다. 그들은 사건이 터지기를 기다리며 하늘을 가끔씩 쳐다보았다. 그들은 어디선가 마른 선인장 창고가 불타고 있다고 말했다. 정오에 이르러 수도관을 열어놓는 바람에 시내의 물이 말라버렸다. 그러나 이것이 오랫동안 계속되지는 않았다… 많은 사람들이 멀리 서남쪽에서 들려오는 폭발 소리를 들었다. 집집마다 종이를 십자형으로 유리창에 붙였다. 불안은 시내 중앙으로부터, 최고 기사 이사회 청사로부터 시내 각처로 퍼져나갔다. 사람들은 투스쿠프의 권력이 흔들린다느니, 앞으로 대격변이 일어날 것이라느니 이런저런 이야기를 했다. 불안에 휩싸인 흥분은 불꽃처럼 소문을 타고 퍼져나갔다.
 "밤에 전등불이 꺼진대."
 "남북극 발전소들을 멈춘대."
 "전자기장도 없어진대."
 "최고 이사회 청사 지하실에 어떤 사람들이 감금되었대요."

도시 주변, 공장, 노동자 거주 지구, 일반 상점들에서 이러한 소문은 다르게 이해되었다. 그곳에서는 이런 소문들의 발생 원인에 대해 보다 더 자세히 알고 있었던 모양이다. 그들은 웅대한 제11호 저수지를 지하 노동자들이 폭파했다느니, 정부 측 밀정들이 각처에서 무기고를 찾고 있다느니, 투스쿠프가 군대를 소아쩨라에 집중시키고 있다느니 하는 등의 말을 악의에 차서 기뻐하며 말했다.

정오에 이르러서는 거의 모든 각 부처의 일이 중단되었다. 대규모의 군중들이 모여 사건이 터지기를 기다렸고, 어디서 왔는지도 모르는 지저분한 옷차림으로 주머니에 손을 찌르고 서성거리는 수상한 화성인 청년들은 서로를 흘끔흘끔 쳐다보았다.

정오가 되었을 때 정부의 비행선들이 도시 상공을 날며 거리에 흰 전단들을 뿌렸다.

정부는 그 악의적인 소문을 믿지 말 것과 그것이 인민의 적들이 퍼트린 헛소문에 불과하다고 시민들에게 경고했다. 전단에는 정부가 그 어느 때보다도 강력하고 단호한 조치를 취할 것이라는 내용이 적혀 있었다.

도시는 잠시 진정되는 듯했지만 또다시 점점 더 무서운 소문이 퍼지기 시작했다. 분명히 알게 된 것은 한 가지 사실뿐이었다. 그것은 오늘 저녁 최고 이사회 청사에서 소아쩨라 노동자 주민들의 지도자인 기사 고르가 투스쿠프와 결정적인 투쟁을 벌인다는 사실이었다.

저녁 무렵 최고 이사회 청사 앞 큰 광장은 군중들로 가득 찼다. 병사들은 층계와 출입구, 지붕을 지키고 있었다. 찬바람이 안개를 몰고 오는 바람에 가로등이 축축한 안개 속에서 흔들거리며 불그스름하고 희미한 불빛을 비췄다. 건물의 음침한 벽들은 몽롱한 어둠 속에서 마치 피라미드처럼 보였다. 모든 창문에 불이 환하게 켜져 있었다.

육중한 아치형 홀 긴 반원형 좌석에 최고 이사회 위원들이 앉아 있었다. 그들의 얼굴에는 주의와 경각심이 어려 있었다. 바닥으로부터 높게 벽에 붙어 있는 흐릿한 거울 속에는 공장의 내부, 안개 속에서 사람들이 뛰어다니고 있는 십자로, 저수지의 윤곽, 전자기 탑, 병사들이 지키고 있는 따로 떨어진 창고 등 도시의 정경들이 연속적으로 빠르게 바뀌었다. 스크린은 도시의 모든 통제 거울들과 부단히 연결되었다. 최고 기사 이사회 청사 앞의 광장이 나타나자 안개 조각에 가려지곤 하는 인산인해를 이룬 사람들과, 환하게 비치는 조명등 등이 보였다. 아치형 홀은 군중들의 불길한 웅성거림으로 가득 찼다.

가느다란 호각 소리가 모인 사람들의 주의를 끌었다. 스크린이 꺼졌다. 반원형의 좌석 앞에 있는 금빛 찬란한 금실로 짠 비단을 덮어놓은 검은 단 위로 투스쿠프가 나타났다. 창백한 얼굴색의 그는 태연하고도 우울했다. 투스쿠프는 연설을 시작했다.

"도시에 동란이 일어났습니다. 시민들이 격동하는 이유는 오늘 이곳에서 나에게 항의를 표할 것이라는 소문 때문입니다. 이 소문 하나만으로도 국가의 평정이 흔들리기에 족했던 것입니다. 이와 같은 사태는 불건전하고도 불길한 것입니다. 이와 같은 격동의 원인을 영원히 퇴치해야만 하겠습니다. 나는 여기 참석한 우리들 중에도 오늘 밤 나의 말을 도시에 퍼트릴 자들이 있으리라는 사실을 잘 알고 있습니다. 시민들이 무정부주의에 사로잡혀 있다는 것을 나는 기탄없이 말합니다. 나의 밀정들의 정보에 의하면 이 도시와 이 나라에는 대항할 만한 충분한 역량이 없습니다. 우리는 세계의 멸망에 직면해 있습니다."

반원형 좌석에서 불평의 소리가 흘러나왔다. 투스쿠프는 냉소하고 나서 계속했다.

"세계의 질서를 파괴하는 힘인 무정부주의는 도시로부터 오는 것입니다. 도시에서 사람들은 마음의 평정, 생에 대한 본능적인 의지, 감정의 힘 대신 무용한 오락과 무익한 만족을 일삼고 있습니다. 하브라의 연기―이것이 시의 정신입니다. 연기와 환상, 잡색의 거리, 소음, 호화로운 황금 비행선, 땅 위에서 그 비행선을 쳐다보는 자의 질투심, 등과 배를 드러내놓고 코를 찌를 듯한 향수를 뿌린 여인들, 유곽의 정문 위의 형형색색의 불빛, 거리의 상공을 비행하는 레스토랑 비행선―이것이 바로 도시입니다! 마음의 평정은 잿더미로 불타버릴 겁니다. 이와 같은 공허한 마음의 소원은 한낱 탐욕일 따름입니다… 명정함의 소원… 오직 피만이 탐욕의 영혼을 황홀하게 합니다."

투스쿠프는 손가락으로 자기 앞의 공간을 꾹 찌르면서 이런 말을 했다… 청중은 잠시 웅성거렸다, 투스쿠프는 계속했다.

"도시는 무정부주의적 인간을 양성합니다. 그러한 인간의 자유와 열정은 파괴입니다. 그들은 무정부주의가 자유인 듯이 생각합니다. 아닙니다. 무정부주의는 오로지 무질서만을 욕망합니다. 국가의 임무는 이러한 파괴자들과 투쟁하는 것입니다. 이것이야말로 법칙입니다! 우리는 반드시 질서에 대한 의지를 무질서에 대치시켜야 하겠습니다. 우리는 반드시 국내의 건전한 역량을 동원하여 무정부주의와의 전쟁을 하되 아주 손실이 적도록 해야겠습니다. 우리는 무정부주의에 무자비한 전쟁을 선포하는 바입니다. 방어책은 임시 수단일 뿐입니다. 경찰이 자신의 약점을 드러낼 때가 반드시 올 겁니다. 우리가 경찰 밀정의 수를 두 배 증가시킨다면 무정부주의자들은 그보다 곱절이나 더 증가됩니다. 그런 관계로 우리는 선제공격을 해야 하며 불가피하게 엄중한 조치를 취해야만 합니다. 우리는 도시를 파괴해야만 합니다."

반원형 좌석에서 청중의 반 정도가 소리를 지르며 벌떡 일어섰다. 화성인들의 얼굴은 창백해지고 눈은 분노로 이글거렸다. 투스쿠프는 노려보는 시선으로 좌석을 진정시켰다.

"도시는 할 수 없이, 불가피하게 파괴될 것입니다. 우리들이 직접 이 파괴를 조직해야 하겠습니다. 나중에 가서 건전한 도시민들을 농촌에 이주시킬 계획을 제기하도록 하겠습니다. 우리는 이를 위해 가장 풍족한 지역을 이용해야만 할 겁니다. 나는 내전이 있은 후 주민들이 버리고 간 땅인 리지아지라 산 너머의 지방을 염두에 두고 있습니다. 할 일이 태산 같습니다. 그러나 목적만은 위대하지 않습니까? 하긴 도시를 파괴하는 조치로 우리가 문명을 구원하지는 못합니다. 그리고 문명의 멸절을 늦추지도 못합니다. 그러나 우리는 이렇게 함으로써 화성인의 세계가 평온하고 장엄하게 멸망할 수 있는 가능성을 주게 될 것입니다."

"저분이 뭐랍니까?" 청중들은 질색하며 큰 목소리로 외쳤다.

"어째서 우리가 죽어야 합니까?"

"저 사람 정신이 나갔군!"

"투스쿠프를 타도하라!"

투스쿠프는 눈썹의 움직임으로 또다시 반원형 좌석의 청중들을 조용하게 했다.

"화성의 역사는 끝났습니다. 우리 행성에서는 생이 파멸하고 있습니다. 여러분은 출생률과 사망률에 대한 통계 숫자를 알고 있을 겁니다. 불과 몇 백 년 후면 마지막 화성인이 몽롱해지는 눈으로 석양이 지는 것을 마지막으로 바라보게 될 겁니다. 화성인의 파멸을 멈추기에는 우리가 너무도 무능합니다. 우리는 엄격하고도 지혜로운 조치로 세계의 마지막 시기가 화려하고 행복하게 되도록 준비해야 하겠습니다. 그것을 위한 가장 시급하고 근본적인 일은 도시를 파괴하는 것입니다. 문명은 도시에서 모든 것을 다 달성했습니다. 이제는 도시가 문명을 와해시킵니다. 따라서 도시는 반드시 파멸되어야만 합니다."

반원형 좌석에서 고르가 일어났다. 그는 구세프가 거울 속에서 이미 본 적이 있는 넓죽한 얼굴의 젊은 화성인이었다.

그는 간간이 끊기는 불명료한 목소리로 말을 한마디씩

떼어 말했다. 그는 투스쿠프 쪽으로 손을 내밀었다.

"저 사람은 거짓말을 하고 있습니다! 권력을 보전하기 위해 도시를 없애려고 합니다. 저 사람은 자기의 권력을 보전하자고 우리더러 죽으라고 하는 것입니다. 저 사람은 수백만 명을 죽여 없애야만 자기의 권력을 보전할 수 있다는 사실을 잘 알고 있습니다. 저 사람은 황금 비행선을 타고 날아다닐 수 없는, 땅속 공장 도시에서 태어나 그곳에서 죽는, 휴일이면 먼지 낀 복도에서 절망에 비틀거리며, 세상만사를 잊어버리려고 미친 듯이 그 원망스러운 하브라의 연기를 들이마시고 있는 사람들이 얼마나 자기를 저주하고 있는가를 잘 알고 있습니다. 투스쿠프는 우리에게 죽음의 침대를 준비했습니다. 차라리 투스쿠프 자신이나 그 침대 위에 드러눕게 합시다. 우리는 죽기 싫습니다. 우리는 살려고 태어났습니다. 우리는 화성이 퇴화되고 있다는 그 위험에 대해서도 알고 있습니다. 그러나 우리에게는 구원받을 희망이 있습니다. 지구가, 지구에서 온 사람들이, 뜨거운 피를 가진 건장한 새로운 인종들이 우리를 구원할 것입니다. 투스쿠프는 이 세상에서 그 누구보다도 지구에서 온 사람들을 무서워합니다. 투스쿠프! 당신은 지구에서 날아온 두 사람을 자기 집에 숨겨놓았지요. 당신은 하늘의 아들들을 두려워하지요. 당신은 약한 자들과 하브라로 마취된 자들 앞에서만 강하지요. 그러나 뜨거운 피를 가진 강한 자들이 오게 되면 당신은 그림자, 밤의 악몽이 되고 환상처럼 사라져버릴 겁니다. 당신은 이 세상에서 바로 이것을 가장 두려워하지요! 당신은 일부러 그 무정부주의라는 걸 궁리해 냈죠. 그리고 지금 당신은 상상하기조차 어려운 그 도시 파괴 계획을 생각해 냈죠. 당신은 피에 굶주려 피를 마시려 드는 거지요. 당신은 우리의 모든 주의를 다른 데로 돌리고 그 사이에 그 대담한 사람들을, 우리의 구원자들을 몰래 없애려는 거지요. 나는 당신이 벌써 명령을 내린 줄 알고 있소…"

고르는 갑자기 말을 중단했다. 그의 얼굴은 긴장하여 어두워지기 시작했다. 투스쿠프가 날카로운 눈초리로 고르의 눈을 노려보았다.

"…안 돼!…말을 계속하겠어!" 고르는 쉰 목소리를 내기 시작했다. "난 당신이 고대의 마술을 소유하고 있다는 걸 알고 있소… 난 당신의 눈이 두렵지 않아…"

고르는 간신히 넓은 손바닥으로 이마에 맺힌 땀을 닦았다. 그는 숨을 크게 내쉬면서 비틀거렸다. 쥐 죽은 듯 조용해진 좌석에서 그는 머리를 손 위에 떨어뜨린 채 자리에 앉았다. 그가 이를 뿌득뿌득 가는 소리가 들렸다.

투스쿠프는 눈썹을 치키면서 계속해서 조용히 말했다.

"지구에서 온 이주민들에게 희망을 걸자고요? 늦었습니다. 우리의 혈관에 신선한 피를 주입하자고요? 늦었습니다. 늦고도 가혹합니다. 그것은 오로지 우리 행성의 고통을 연장시켜 놓을 뿐입니다. 우리는 불가피하게 침략자의 노예가 될 것이며 따라서 고통을 더욱더 크게 할 뿐입니다. 그것은 태연하고 장엄한 문명의 낙조 대신 우리를 또다시 고통스러운 세기의 순환 속으로 집어넣는 것이나 다름없을 것입니다. 도대체 무엇 때문에? 우리와 같은 유구하고도 지혜로운 인종이 침략자를 위해 일해야만 합니까? 생의 탐욕을 가진 야만인들이 우리를 궁전과 정원에서 내쫓고 새로운 저수지들을 건설하고 광석을 채굴하도록 하며 또다시 화성의 평야에 전쟁의 함성이 울려 퍼지도록 하기 위해서입니까? 또다시 우리의 도시에 방탕한 자와 정신병자들이 차고 넘치도록 하기 위해서입니까? 우리는 각자 자기 집 문지방에서 태연히 죽어야만 합니다. 차라리 탈쩨틀의 붉은 광선이 머나먼 곳에서 우리에게 비치게 합시다. 그러나 우리는 우리 화성에 외래인을 들여놓지 말아야 합니다. 우리는 남북극에 새 발전소를 건설하고 화성을 불가침의 철갑으로 둘러싸야 합니다. 우리는 무정부주의와 무지한 희망의 소굴인 소아쩨라를 파괴할 겁니다. 바로 여기, 이 소아쩨라에서 지구와 무전 연락을 하려는 그 범죄적 계획이 생겨났습니다. 우리는 광장을 다 밭으로 만들 겁니다. 다만 생활에 반드시 필요한 시설과 기업들만 남겨둘 겁니다. 우리는 범죄자와 주정뱅이와 정신병자들, 그리고 실현 불가능한 것을 희망하는 모든 공상가들을 거기에서 일하게 할 것입니다. 우리는 그들을 쇠사슬에 매어둘 겁니다. 그들이 그렇게도 몹시 갈망하는 생명을 줄 겁니다. 그러나 우리에게 동의하고 우리의 의지에 복종하는 자들에게는 농촌에 땅을 주고 생활과 안락함을 보장해 줄 겁니다. 2만 년 동안의 고된 노동을 통해 마침내 우리는 한가롭고 고요하게 관조적으로 살아갈 권리를 갖게 되었습니다. 문명의 마지막은 황금시대의 면류관으로 덮일 겁니다. 우리는 공통의 명절과 훌륭한 오락을 조직할 겁니다. 내가 지적한 그 생의 기간은 우리가 안락하게 살게 되기 때문에 연장될 수도 있을 겁니다."

반원형 좌석에 앉아 있는 청중들 모두 마치 마법에 걸리기라도 한 듯 잠자코 그의 말을 듣고 있을 뿐이었다. 투스쿠프의 얼굴에 반점이 나타났다. 마치 미래를 그려보는 듯 그는 눈을 감았다. 그는 말 한마디를 채 하지 못했다…

…수많은 군중들의 요란한 목소리가 밖으로부터 아치형 홀 안으로 들려왔다. 고르는 얼굴을 찡그린 채 벌떡 일어났다. 고르는 모자를 벗어 멀리 내던지고 두 팔을 앞으

로 쭉 뻗으며 투스쿠프를 향해 긴 의자들 사이를 내려갔다. 고르는 투스쿠프의 멱살을 틀어쥐고 금실로 짠 비단으로 덮여 있는 단 위에서 그를 내던져 버렸다. 그런 다음 고르는 두 팔을 쭉 뻗고 손가락을 쫙 벌린 채 반원형 좌석을 향해 몸을 돌렸다. 마치 마른 혀를 잡아 뽑기라도 하듯 소리치며 말했다.

"좋습니다, 죽음도! 죽는 것도 좋습니다! 그러나 죽음은 당신들에게나 필요합니다! 우리에게 필요한 것은 투쟁입니다…"

군중들이 의자에서 벌떡 일어났으며 주변은 온통 시끄러웠다. 화성인 몇몇이 엎어져 있는 투스쿠프에게로 달려갔다.

고르는 문을 향해 펄쩍 뛰었다. 그는 병사를 팔꿈치로 내리쳐 버렸다. 그의 검은 가운 자락이 출입문 가에서 보이더니 광장으로 사라졌다. 멀어지는 그의 목소리가 들려왔다. 군중들 속에서 마치 바람이 외치는 소리와도 같은 소음이 들려왔다.

홀로 남은 로스

"므스티슬라프 세르게예비치! 혁명이 일어났습니다. 전 도시가 뒤죽박죽이 되었습니다. 참 재미있는 일이죠!"

구세프는 도서실에 서 있었다. 평상시에 조는 듯하던 그의 눈에는 생기가 돌았고 콧대가 올라가고 콧수염이 곤두섰다. 그는 손을 혁대에 깊숙이 찌르고 서 있었다.

"난 비행선에 벌써 식량과 수류탄을 실었고 놈들의 무기도 얻어 실었습니다. 책은 그만 보시고 어서 빨리 서둘러 떠납시다."

로스는 소파 한쪽 구석에 다리를 구부리고 앉은 채 얼빠진 시선으로 구세프를 쳐다보았다.

"므스티슬라프 세르게예비치! 열병에 걸리기라도 한 겁니까? 왜 그렇게 멍하니 보고만 계십니까? 다 준비되었으니 떠나자고 말하지 않습니까? 난 당신을 화성의 군사위원으로 임명하렵니다. 이건 공명정대한 일입니다."

구세프가 너무 뚫어지게 보는 바람에 로스는 머리를 수그리고 나직이 물었다.

"도시에 무슨 일이 있어났습니까?"

"알 수 없습니다. 거리에 사람들이 무리지어 웅성거리

고 떠들어댑니다. 유리창도 깨부수고…"

"그럼 알렉세이 이바노비치! 지금 비행해 갔다가 오늘 밤에 돌아오시오. 나는 어떤 일이 있든지 당신을 지지하겠다는 것을 약속합니다. 혁명을 일으키든지 나를 군사위원으로 임명하든지 그리고 만일 필요하다면 나를 총살하든지 마음대로 하시오. 그러나 간청하지만 오늘만은 날 가만히 내버려 두십시오. 승낙하십니까?"

"그러지요." 구세프는 말했다. "어쨌든 여자들 때문에 모든 일이 생기는 건데. 쯧쯧… 제7의 천국으로 날아와도 여자들이군, 퉤! 밤중엔 돌아오겠습니다. 이호슈카가 당신이 나에 대해 밀고하지 않는지 살필 겁니다."

구세프는 떠났다. 그러자 로스는 또다시 책을 들고 생각에 잠겼다.

"무엇으로 끝날 것인가? 사랑의 뇌우는 지나가 버릴까? 아니야, 피할 수 없을 것이다. 그 어떤 상상하기도 힘든 광명이 열릴 것이라는 희망으로 애타게 가슴 졸이며 기다리게 되는 감정으로 인해 나는 기쁜가? 그건 기쁨도, 슬픔도, 꿈도, 갈망도, 만족감도 아니다… 아엘리타가 곁에 있을 때 내가 느끼게 되는 것은 내 몸의 차디찬 고독으로 생을 받아들이는 것이다. 눈부신 창문 아래로, 거울 같은 마루로 생이 내 삶 속으로 들어오는 것이다. 그러나 이것 역시 꿈이다. 차라리 내가 갈망하는 바가 현실로 실현되게 하자. 그러면 아엘리타 속에서도 생이 싹틀 것이 아닌가. 아엘리타는 전율하는 육체로 그 뜻을 이룰 것이나 나는 또다시 고뇌와 고독에 시달릴 것이다."

창밖으로 날아가는 비행선의 길게 이어지는 휘파람 소리가 들렸다. 이윽고 이호슈카가 도서실 문 사이에 머리를 들이밀고 말했다.

"하늘의 아드님! 점심 드시러 가세요…"

로스는 서둘러 식당으로 갔다. 이호슈카는 눈물을 흘려 빨갛게 된 눈을 돌리며 말했다. "하늘의 아드님! 당신 혼자 점심 식사를 하시게 되었어요!" 그러고는 아엘리타의 수저를 흰 꽃들로 덮어놓았다.

로스는 안색이 어두워졌다. 그는 우울하게 식탁에 앉았다. 다만 포도주 몇 잔을 마시고 빵을 잘게 부술 뿐 음식을 입으로 가져가진 않았다. 식당 위 거울로 된 원형 지붕에서 점심 식사 때면 항상 흘러나오던 그 부드러운 음악 소리가 들려왔다. 로스는 이를 악물었다. 로스는 이호슈카에게 다가가 물었다.

"아엘리타를 좀 만나볼 수 없을까요?"

이호슈카는 얼굴을 가린 채 불그스레한 머리를 설레설레 저었다. 로스는 그녀의 어깨를 붙잡았다.

"무슨 일이 생겼소? 그녀가 아픈가요? 아무튼 그녀를 좀 만나봐야겠소."

이호슈카는 로스의 팔 밑으로 빠져나와 달려가 버렸다. 로스는 집을 나와 풀밭을 지나 숲으로 향했다. 그리고 마침내 그는 호숫가에 도착했다. 호수의 물은 마치 거울 같았다. 검푸른 호수 표면 위로 태양 광선이 눈부시게 빛나고 있었다. 몹시 무더웠다. 로스는 머리를 움켜쥐고 돌 위에 주저앉았다.

맑은 호수의 깊은 곳에서 진홍빛 둥근 물고기들이 천천히 떠올라 실같이 기다란 가시를 살짝 움직이며 로스를 무심히 쳐다보았다.

로스는 벌떡 일어나 커다란 돌멩이를 집어 물고기 떼를 향해 던졌다. 머리가 몹시 아팠다. 눈부신 광선에 눈도 아팠다. 멀리 숲 뒤로 보이는 뽀족한 산 정상의 얼음이 번쩍였다. "저 차디찬 공기를 마셔야겠다." 로스는 눈을 찡그리며 금강석 광채가 나는 그 산맥을 바라보고는 그곳을 향해 푸른 숲을 거쳐 걸음을 옮겼다.

숲이 끝나고 로스 앞에 펼쳐진 것은 구릉진 황량한 고원뿐 얼음 덮인 산정은 멀리 고원 너머 머나먼 곳에 있었다. 가는 길에 쇠 찌꺼기와 쇄석들이 발밑에서 뒹굴었으며 내버려진 폐광의 구멍이 여기저기 보였다. 로스는 어떻게 해서든지 멀리서 빛나고 있는 그 눈 조각을 맛보려고 했다.

골짜기 저편에서 갈색 먼지 구름이 일어났다. 뜨거운 바람을 타고 수많은 목소리들이 들려왔다. 산등성이 위에 올라서서 로스는 운하의 마른 바닥에서 맥없이 움직이는 크게 무리 지은 화성인들을 보았다. 그들은 끝에 칼을 동여맨 긴 막대기와 곡괭이, 광석을 부수는 망치를 들고 있었다. 발이 걸려 넘어지면서 겨우 걷고 있는 그들은 자신들의 자작 무기를 흔들며 열광적으로 소리를 질렀다. 무리들이 일으키는 갈색 먼지 구름 위에서 맹금류 새들이 날고 있었다.

로스는 조금 전 구세프가 말했던 사건을 떠올렸다. '그래! 살며 투쟁하고 승리하고 죽고… 그러나 가련하지만 뜨거운 심장만은 쇠사슬에 단단히 매어두자.' 로스는 문득 다짐했다.

산을 넘어간 군중들은 더 이상 로스의 눈에 보이지 않았다. 군중들의 행진과 투쟁에 흥분된 로스는 급히 걸어가다가 문득 멈춰 서서는 머리를 뒤로 젖혔다. 푸른 공간으로 날개 달린 비행선이 점점 하강하면서 날아오고 있었다. 비행선은 번쩍이며 선회하다가 점점 더 낮게 하강하며 머리 위를 스쳐 지나가 착륙했다.

비행선에서 누군가 새하얀 털외투를 입은 사람이 일어섰다. 외투를 입고 가죽 비행모를 쓴 아엘리타의 흥분된 두 눈이 로스를 뚫어지게 보고 있었다. 심장이 격렬하게 뛰었다. 로스는 비행선으로 다가갔다. 아엘리타는 숨결에 축축해진 외투를 바르게 폈다. 로스는 몽롱한 시선으로 아엘리타의 얼굴을 들여다보았다. 아엘리타는 말했다.

"전 당신을 데리러 왔어요. 시내에 갔었어요. 우리는 도망쳐야만 해요. 전 당신이 너무도 그리워 죽을 지경이었어요."

로스는 오로지 비행선의 앞부분을 꽉 쥔 채 간신히 한숨만을 내쉬었다.

마술

로스는 아엘리타 뒤에 앉았다. 불그스름한 피부를 가진 조종사 소년은 가벼운 동작으로 비행선을 하늘로 이륙시켰다.

찬바람이 매섭게 달려들었다. 눈처럼 흰 아엘리타의 털외투에는 소나기의 신선한 기운과 산의 찬 기운이 서려 있었다. 아엘리타가 로스에게 고개를 돌렸다. 그녀의 두 뺨은 불붙은 듯했다.

"저는 아버지를 만났어요. 아버지는 당신과 당신의 동료를 죽이라고 제게 명령했어요." 그녀의 이가 번득였다. 그녀는 작은 주먹을 펴 보였다. 돌로 만든 목이 가느다란 작은 병이 반지에 쇠줄로 매달려 있었다. "아버지께서는 '그들이 곱게 잠들게 해라. 그들은 행복하게 죽을 자격이 있다'라고 말씀하셨어요."

아엘리타의 회색 눈에 눈물이 고였다. 그러나 그녀는 곧 웃으며 손가락에서 반지를 뺐다. 로스가 그녀의 손을 움켜잡았다.

"던지지 마시오."

로스는 그녀에게서 작은 병을 빼앗아 주머니에 집어넣

었다. "이것은 당신이 주는 선물이오, 아엘리타. 검은 물방울은 꿈이고 평안이라오. 이제 나에게 삶도 죽음도 바로 당신이오." 그는 그녀의 숨결이 닿을 정도로 다가섰다. "무서운 고독의 시간이 닥쳐오면 나는 이 병의 물방울에서 다시 당신을 느낄 거요."

그의 말을 이해하려고 애쓰면서 아엘리타는 눈을 감고 로스에게 등을 기댔다. '아니야. 어차피 이해할 수 없어.' 그녀는 생각했다. 쌩쌩 몰아치는 바람 소리, 등 뒤로 느껴지는 로스의 뜨거운 가슴, 어깨에 걸친 흰 털외투 속으로 들어간 그의 손-마치 그들의 피가 하나의 혈관을 따라 순환하며, 그들이 똑같은 환희 속에서 한 몸이 되어 어떤 빛나는 고대의 기억 속으로 날아가고 있는 것만 같았다. '아니야. 어차피 이해할 수 없어!'

일 분 남짓한 시간이 흘러갔다. 비행선은 투스쿠프 저택에 도달했다. 조종사가 고개를 돌렸다. 아엘리타와 하늘의 아들은 이상한 표정을 짓고 있었다. 그들의 멍한 눈동자에는 태양이 점점이 빛나고 있었다. 바람은 아엘리타가 입은 외투의 흰 눈 같은 털을 이리저리 스치고 지나갔다. 감격에 찬 그녀의 눈이 빛으로 가득한 창공의 대양을 응시하고 있었다.

조종사 소년은 옷깃 속에 날카로운 코를 파묻고 소리

없이 웃기 시작했다. 비행선의 날개에 하중을 싣고 급격한 하강으로 대기를 가르며 아엘리타의 집 옆에 착륙했다.

아엘리타는 정신을 차리고 털외투의 단추를 풀기 시작했지만 새의 머리 모양이 새겨진 커다란 단추 위에서 그녀의 손가락들은 번번이 미끄러지기만 했다. 로스는 그녀를 비행선에서 번쩍 들어 잔디밭 위에 내려놓고 몸을 구부린 채 그녀 앞에 섰다. 아엘리타가 소년에게 말했다.

"뚜껑 있는 비행선을 준비해 줘."

그녀는 이호슈카의 빨간 눈도, 공포로 일그러지고 호박처럼 누런 관리인의 얼굴도 알아채지 못했다. 웃음을 띠고 무심히 로스를 향하면서 그녀는 그보다 앞서서 집 안 깊숙한 곳에 있는 자기 방으로 가버렸다.

로스는 아엘리타의 방에 처음으로 들어가 보았다. 그곳에는 금으로 장식한 낮은 아치형 천장이 있었고 중국제 우산 위에 그려진 작은 인물들 같은 음영이 있는 그림들로 뒤덮인 벽이 있었다. 그는 머리를 띵하게 만드는 씁쓰름하고 따뜻한 냄새도 맡을 수 있었다.

아엘리타가 조용히 말했다.

"앉으세요."

로스는 앉았다. 그녀는 그의 다리 옆에 주저앉더니, 그의 무릎 위에 머리를, 그의 가슴 위에 손을 놓고 더 이상 움직이지 않았다.

그는 뒤통수에서 높이 부풀려진 그녀의 회색 머리칼을 부드럽게 바라보았고 그녀의 손을 잡았다. 그녀의 목이 떨리기 시작했다. 로스가 고개를 숙이자 그녀가 말했다.

"아마도 당신은 저와 있는 것이 지루하겠지요? 미안해요. 난 아직 사랑할 줄을 몰라요. 난 허둥지둥하고 있는걸요. 나는 이하에게 말했어요. 당신이 혼자 있게 될 때면 식당에 꽃을 더 많이 갖다 놓고 울라의 음악을 들을 수 있도록 하라고."

아엘리타는 로스의 무릎 위에 팔꿈치를 괴었다. 그녀의 얼굴은 꿈을 꾸는 듯했다.

"들었어요? 알아들었어요? 당신은 내 생각을 하고 있나요?"

"당신이 봐서 알지 않아요. 당신이 내 눈앞에 없으면 불안해서 미칠 것만 같아요. 당신을 보고 있으면 불안함은 더 큰 공포로 변하오. 이젠 내가 당신을 만나기 위해 이 별들의 공간을 날아온 것이 아닌가 하는 생각이 든다오." 로스가 말했다. 아엘리타는 깊은 한숨을 쉬었다. 그녀의 얼굴은 행복해 보였다.

"아버지께서 저에게 독약을 주셨지만 저를 믿지 않는

다는 것을 전 알았어요. 아버지께서는 저도 당신도 죽이겠다고 말씀하셨어요. 우리는 오래 살지 못할 거예요. 하지만 당신은 느낄 수 있지 않나요, 몇 분이라는 시간이 무한하고도 지극히 행복하게 전개되는 것을요."

그녀는 말을 더듬었고 로스의 눈 속에서 단호한 결단이 타오르는 것을 보았다. 그의 입술이 굳게 다물어졌다.

"좋아요. 나는 투쟁할 겁니다."

그가 말했다.

아엘리타가 가까이 다가와 속삭였다.

"당신은 나의 어린 시절 꿈에서 보던 거인이에요. 당신은 멋진 얼굴을 가지고 있고 강한 하늘의 아들이에요. 당신은 용감하고도 선량해요. 당신의 팔은 무쇠와 같고 다리는 바위 덩어리 같아요. 당신의 눈빛은 죽음처럼 무서워요, 당신의 눈빛 때문에 여자들은 심장이 죄어드는 것을 느끼지요."

아엘리타의 머리가 그의 어깨에 맥없이 기댔다. 그녀의 중얼거림은 너무나 작은 소리라서 알아듣기 힘든 것이었다. 로스는 그녀의 얼굴에서 머리칼을 걷으며 물었다.

"왜 그래요?"

그러자 그녀가 마치 어린아이처럼 그의 목을 열렬히 끌어안았다. 커다란 눈물방울들이 솟아나 그녀의 마른 얼굴 위로 굴러 떨어졌다. 그녀가 말했다.

"나는 사랑할 줄 몰라요. 나는 사랑이 무엇인지 전혀 몰랐어요… 날 불쌍히 여겨줘요, 날 싫어하지 마세요. 당신에게 재미있는 이야기를 해줄게요. 무서운 혜성들의 이야기와 비행함선들의 전투에 대한 이야기, 산 저편에 있던 훌륭한 나라들의 몰락에 대한 이야기도 해줄게요. 당신은 날 사랑하는 것이 지루하지 않을 거예요. 아무도 나를 즐겁게 해준 적이 없어요. 당신이 처음으로 찾아왔을 때 난 생각했어요. '나는 저 사람을 어릴 적에 본 적 있어. 그가 바로 내가 사랑하는 거인이야'라고. 난 당신이 나의 손을 잡고 이곳에서 데리고 떠나주길 바랐어요. 이곳은 암울하고 희망이 없고 죽음, 또 죽음뿐이에요. 햇빛이 우리 별을 제대로 비춰주지 못해요. 극지방의 얼음들이 더 이상 녹지 않아요. 바다가 마르고 있어요. 끝없는 황야에 구릿빛 모래가 투마를 뒤덮어 가고 있어요… 지구, 지구… 사랑하는 거인님, 날 지구로 데려가 주세요. 난 푸른 산들과 흐르는 물살과 구름, 살찐 짐승들과 거인들을 보고 싶어요… 난 죽고 싶지 않아요…"

아엘리타는 끊임없이 눈물을 흘렸다. 지금 로스에게 그녀는 어린 소녀처럼 여겨졌다. 거인들에 대해 말하면서 두 손을 꼭 쥘 때는 우습기도 했고 사랑스럽기도 했다.

로스는 눈물 어린 그녀의 눈에 입을 맞췄다. 그녀는 잠잠해졌다. 그녀의 작은 입술이 살짝 부어올랐다. 위로 아래로, 사랑에 빠진 눈으로, 마치 동화 속의 거인을 바라보듯 그녀는 하늘의 아들을 바라보았다.

갑자기 어둑어둑한 방 안에서 나지막한 삐걱 소리가 나더니 바로 화장대 위 타원형 거울에 구름 빛의 광선이 비쳤다. 그러자 주의 깊게 살피는 투스쿠프의 머리가 나타났다.

"너 거기 있니?" 그가 물었다.

아엘리타는 고양이처럼 카펫 위로 급히 뛰어내려 스크린으로 달려갔다.

"저 여기 있어요, 아버지."

"하늘의 아들들이 여전히 살아 있는 거냐?"

"아니오, 아버지. 제가 독약을 주었어요. 그들은 죽었어요."

아엘리타는 싸늘하고도 단호하게 말했다. 스크린을 가린 채 로스에게 등을 돌리고 서 있었다.

"저한테 또 필요한 게 있으신가요, 아버지?"

투스쿠프는 잠자코 있었다. 아엘리타는 점점 어깨를 움직이기 시작하더니 마침내 고개를 뒤로 젖혀버렸다. 투스쿠프의 격렬한 목소리가 터져 나왔다.

"넌 거짓말을 하고 있어! 하늘의 아들은 시내에 있어. 그가 폭동을 지휘하고 있어!"

아엘리타가 휘청거렸다. 거울에서 아버지의 모습은 사라져버렸다.

도주

 군용 비행선은 한동안 신성한 경계의 절벽 위에서 선회하다가 아조라 방향으로 비행하여 어딘가에 착륙했다. 그제야 이하와 구세프는 아래로 내려올 수 있었다. 짓밟힌 작은 광장에서 그들은 로스를 발견했다. 그는 동굴 입구 근처에 누워 있었는데 피로 물든 이끼 속에 얼굴을 박고 있었다. 구세프가 그를 팔로 일으켰다. 로스는 숨을 쉬지 않았고 눈이 꽉 감겨 있었고 가슴과 머리는 피범벅이 되어 있었다. 아엘리타는 아무 데도 없었다. 이하는 동굴에서 아엘리타의 물건들을 챙기면서 울부짖었다. 그녀가 찾지 못한 것은 모자가 달린 망토뿐이었다. 죽었는지 살았는지 모를 아엘리타를 망토에 싸서 함선으로 옮긴 것이 틀림없었다.
 이하가 '별들의 빛에서 태어난' 여인의 나머지 물건들을 보통이로 꾸렸고 구세프는 로스를 어깨에 걸쳐 멨다. 그리고 그들은 어둠 속에서 부글부글 끓어오르는 호수 위의 다리를 건넜고 안개 낀 심연 위에 걸쳐진 사다리로 올라갔던 길을 되돌아왔다.
 위에 올라가서 구세프는 동굴에서 비행선을 끌어낸 다

음 홑이불에 싼 로스를 비행선에 앉혔다. 그리고 혁대를 더 질끈 동여맨 후 헬멧을 더 깊이 눌러쓰면서 모질게 말했다.

"살아서는 네놈들의 손아귀에 들어가지 않겠다. 흥, 만약 지구까지 어떻게든 돌아가게 되면… 우리는 이곳에 다시 돌아오겠다… (알아듣지 못할 세 마디가 이어졌다.)"

그는 비행선으로 기어 들어가 조종간을 잡았다.

"아, 당신들은 집이든 어디든 다른 데로 가. 나쁜 기억은 떨쳐버려."

그는 갑판에서 몸을 구부리고 손을 내밀어 조종사와 이하와 작별을 했다. "널 데려갈 수는 없어, 이호슈카. 분명 죽을 줄 알고 가는 비행이니. 사랑스런 이호슈카, 네 사랑에 대해 감사한다. 우리 하늘의 아들들은 그걸 잊지 않을 거야. 그럼, 잘 있어."

그는 햇빛에 눈을 가늘게 뜨며 턱을 끄덕하고 푸른 하늘로 비상했다. 이하와 회색 털외투를 입은 소년은 하늘의 아들이 날아가 버린 푸른 하늘을 오랫동안 바라보았다. 그들은 남쪽의 산 절벽으로부터 날개 달린 어떤 것이 날아올라 구세프의 길을 가로지르는 것을 알아채지 못했다. 구세프가 태양 광선 속에 잠겨버렸을 때 이하가 너무도 큰 절망에 빠진 나머지 이끼 낀 바위 위로 쓰러졌기 때문에 소년은 그녀마저도 이 서글픈 투마를 버리고 떠나는 것이 아닌가 하여 깜짝 놀랐다.

"이하, 이하." 그는 애타게 불렀다. "호 투아 미라 투아 무라…"

구세프는 자신의 항로를 가로질러 날아오는 군용선을 즉시 알아채지는 못했다. 지도를 조사해 보고 아래쪽으로 지나가 사라지는 리지아지라 절벽을 굽어보면서 그는 항로를 동쪽으로 잡았다. 그곳은 우주선을 남겨둔 선인장 들판 쪽이었다.

비행선 안 그의 뒷자리에는 몸을 뒤로 젖히고 로스가 앉아 있었는데 그의 몸은 바람에 펄럭거리면서 몸에 착 달라붙은 홑이불로 둘둘 감겨 있었다. 그의 몸은 잠이 든 사람처럼 꼼짝하지 않고 있었다. 그의 몸에는 시체가 보여주는 것과 같은 기이한 무의미성은 없었다. 자신의 동지가 얼마나 소중한 존재인지를 구세프는 지금에서야 절감했다.

불행의 경위는 이러하다. 구세프와 이호슈카 그리고 조종사는 동굴 속 비행선 가까이에 앉아 웃고 있었다. 그런데 갑자기 아래쪽에서 총소리가 들렸다. 잠시 후 통곡 소리가 들렸다. 그리고 일 분 후 군용선이 작은 광장에 감각을 잃은 로스의 몸을 던져버리고는 마치 매처럼 심연에서 떠올라 선회하며 정찰하러 가버렸다.

구세프는 선체 너머로 침을 뱉었다. 그 정도로 화성이 끔찍했던 것이다. "우주선까지만 갔으면 좋겠는데, 그러면 로스의 입에 독한 술을 부어 넣겠는데." 그는 로스의 몸을 만져보았다. 약간 온기가 있었다. 구세프가 그를 작은 광장에서 들어 올린 때부터 지금까지 그의 몸은 눈에 띄게 굳어 있었다. "숨은 쉬겠지." 구세프는 화성인들의 총탄이 위력이 없다는 것을 자기의 경험에 비추어 알고 있었다. "그런데 정신을 잃은 상태가 너무 오래 계속되는군." 걱정이 된 그는 저물어 가는 태양 쪽으로 고개를 돌렸다. 바로 그때 그는 급강하하고 있는 비행선을 발견했다.

충돌하는 것을 피해서 구세프는 즉시 북쪽으로 기수를 틀었다. 군용선도 방향을 틀었다. 때때로 군용선에서 발포를 의미하는 노르스름한 연기가 피어났다. 그러자 구세프는 고도를 높이기 시작했다. 하강할 때 속도를 두 배로 올려 추적자를 피하려는 속셈이었다.

칼바람이 귓가에 쌩쌩 울리고 눈에 가득한 눈물이 속눈썹에 얼어붙었다. 꺼림칙하게 날갯짓을 하는 혐오스런 이히* 떼가 비행선에 달려들었지만 빗나가 버리고 뒤로 처졌다. 구세프는 방향을 상실한 지 이미 오래되었다. 관자놀이에서 피가 솟구치고 힘을 받은 공기가 얼음 채찍처럼 세차게 때렸다. 그때 구세프는 최고 속도로 하강했다. 군용선은 뒤처지며 지평선 너머로 사라졌다.

이제는 어디로 시선을 돌리든 아래에는 온통 적동색 사막이 펼쳐져 있었다. 주위에는 작은 나무 한 그루, 생명체 하나 없었다. 단지 비행선의 그림자 하나만이 평평한 야산들과 모래 언덕과, 거울처럼 희미하게 빛나는 암석투성이 대지 사이에 갈라진 틈 위로 날아갈 따름이었다. 어떤 언덕 위에는 폐허가 된 가옥들이 우울한 그림자를 던졌다. 바싹 말라버린 하상 운하들이 이 사막의 도처에 이랑들을 만들어내고 있었다.

태양이 사막의 평평한 저 끝으로 낮게 기울어졌고 구릿빛의 쓸쓸한 석양빛이 가득 퍼졌다. 구세프는 여전히 아래의 굽이치는 모래 언덕들과 구릉, 죽어가는 투마의 먼지 속에 묻히고 있는 폐허를 내려다보고 있었다.

밤이 금방 찾아왔다. 구세프는 하강하여 모래 평원 위에 착륙했다. 비행선에서 내려 로스의 얼굴에서 홑이불을 치워버리고 눈꺼풀을 젖혀보고 귀를 심장에 대어보았다. 로스는 죽은 것도 아니고 산 것도 아닌 상태로 앉아 있었

---

* 이히 : 뾰족한 날개를 가진, 시체를 뜯어 먹는 화성의 새 이름.

다. 구세프는 그의 작은 손가락에서 반지를 발견했는데 열린 약병이 쇠줄로 반지에 연결되어 있었다.

"아, 사막아."

비행선에서 물러서면서 구세프가 말했다. 얼음 같은 별들이 무한히 높은 검은 하늘에서 빛나고 있었다. 별빛 때문에 모래가 잿빛으로 보였다. 너무도 고요해서 깊은 발자국 속으로 모래알이 무너져 들어가는 소리까지 들렸다… 갈증이 괴롭혔다. 비애감이 몰려들었다. '아, 사막아!' 구세프는 비행선으로 돌아와 조종석에 앉았다. 어디로 간단 말인가? 별자리는 기이하고도 낯선 것이었다.

구세프는 엔진을 켰다. 그러나 프로펠러가 천천히 조금 도는가 싶더니 멈춰버렸다. 엔진이 작동하지 않았다. 점화 화약통이 텅 비었던 것이었다.

"그렇다면, 좋아." 구세프는 작게 말했다. 다시 비행선에서 내려와 곤봉을 혁대 뒤춤에 꽂아 넣고 로스를 끌어냈다. "갑시다, 므스티슬라프 세르게예비치." 어깨에 로스를 올려놓고 복사뼈까지 모래에 쑥쑥 빠지면서 그는 오랫동안 걸었다. 언덕에 다다르자 그는 파묻힌 어떤 계단 위에 로스를 내려놓고 별빛이 가득한 언덕 꼭대기에 덩그러니 서 있는 원기둥을 한번 쳐다보고는 엎드려 누웠다. 몸을 가눌 수 없는 피로감이 마치 썰물처럼 혈관 속으로 밀려왔다.

그는 얼마나 오랫동안 움직이지도 않고 그렇게 누워 있었는지 알지 못했다. 모래는 차가워졌고 체온은 떨어졌다. 이윽고 구세프는 일어나 앉아 비애감을 느끼며 고개를 쳐들었다. 사막 위 그다지 높지 않은 곳에 불그스름하고 암울한 별 하나가 떠 있었다. 마치 커다란 새의 눈 같았다. 입을 딱 벌린 채 구세프는 그 별을 쳐다보았다.

"지구야." 양팔로 로스를 안고 그 별이 있는 방향으로 달려갔다. 이제 그는 비행선이 어느 방향에 있는가를 알게 된 것이었다.

헉헉거리며 숨을 몰아쉬고 땀을 줄줄 흘리면서 구세프는 도랑을 훌떡훌떡 건너뛰기도 했고 광포하게 외마디 소리를 지르기도 했다. 그는 바위에 걸려 넘어지기도 하면서 달리고 또 달렸다. 어두운 사막의 지평선이 그에게서 얼마 멀지 않은 앞에서 떠 있는 것만 같았다. 구세프는 몇 번이나 차가운 모래 위에 얼굴을 대고 눕기도 했다. 바싹 말라버린 입을 습기로나마 축이기 위해서였다. 동지를 챙겨 안고 지구의 불그스름한 빛을 흘깃흘깃 쳐다보면서 또다시 걸었다. 묘지 같은 세계 사이로 그의 커다란 그림자만이 쓸쓸히 움직였다.

이지러진 '올라' 달이 날카로운 낫의 모양으로 떠올랐

다. 한밤중에 둥근 달 '리흐타'*가 떠올랐다. 리흐타의 빛은 부드러운 은빛이었다. 두 개의 겹쳐진 그림자가 모래 물결 위로 늘어졌다. 이 이상한 두 개의 달은 떠서 움직였다. 하나는 위로 떠올라 갔고 다른 하나는 이지러졌다. 그 두 개의 달빛에 탈쩨틀은 빛을 잃었다. 저 멀리 얼음으로 뒤덮인 리지아지라의 봉우리들이 솟아올랐다.

사막이 끝났다. 새벽이 가까워졌다. 구세프는 선인장 들판에 들어섰다. 식물 하나를 발로 차서 쓰러뜨리고는 수액이 가득 찬 미끈거리는 속살을 실컷 먹어댔다. 별들이 사라졌다. 연보라색 하늘에 분홍색 구름의 가장자리가 나타나기 시작했다. 바로 그때 구세프는 마치 쇠방망이로 두들기는 것 같은, 단조로운 금속성의 타격 소리를 아침의 정적 속에서 분명히 들었다.

구세프는 어찌된 노릇인지 곧 알아차렸다. 선인장 풀숲 위로 추적하던 군용 비행선의 격자무늬가 있는 세 개의 깃대가 솟아 있었다. 금속성의 타격 소리는 그곳에서 들려오고 있었다. 이 화성인들이 우주선을 파괴하고 있는

---

* 올라 : 화성의 위성을 의미한다.
* 리흐타 : 화성의 위성을 의미한다.

것이었다.

구세프는 선인장에 몸을 숨기면서 달려갔다. 그리고 군용선과 그 옆에 있는 우주선의 거대한 녹슨 등 부분을 동시에 보았다. 스무 명가량의 화성인들이 커다란 망치로 우주선 외판의 접합부를 갈기고 있었다. 아마도 그 일은 방금 시작된 모양이었다. 구세프는 로스를 모래 위에 내려놓고 혁대에서 몽둥이를 빼냈다.

"이 개자식들을 그냥!"

선인장 뒤에서 튀어나오면서 구세프가 굉장한 쇳소리를 내질렀다. 군용선으로 내달아서 몽둥이로 쇠로 된 날개를 때려 부수고 마스트를 꺾어놓고 나무통을 깨부수듯 갑판을 두들겼다. 군용선 안에서 군인들이 뛰쳐나왔다. 그들은 무기를 내던지면서 완두콩처럼 군용선에서 뿔뿔이 흩어지며 도망쳐버렸다. 비행선을 부수고 있던 군인들은 나지막이 울부짖으면서 밭이랑을 따라 기어가 숲 속으로 숨어버렸다. 삽시간에 들판 전체가 텅 비어버렸다. 어디에서나 나타날 수 있고, 자신들이 치명적인 공격을 가할 수 없는 하늘의 아들에 대한 공포가 그토록 컸던 것이다. 구세프는 승강구를 돌려 열고 로스를 잡아끌었다. 그리고 두 명의 하늘의 아들들은 '계란(우주선)' 안으로 몸을 감췄다. 우주선의 승강구가 쾅 하고 닫혔다. 그러고 나서 선인장 뒤에 숨어 있던 화성인들은 특별하고도 충격적인 광경을 보았다.

집채만 한 크기의 녹슨 '계란'이 우르릉우르릉 하는 소리를 내자 그 밑에서 갈색 먼지와 연기구름이 뿜어져 나왔다. 무시무시한 충격으로 인해 투마가 진동했다. 노호와 우레 같은 굉음과 함께 거대한 '계란'은 선인장 들판에서 튀어 올랐다. 먼지 구름 속에 잠깐 떠 있더니 흉포한 마가찌들을 그들의 고국으로 데려가면서 마치 혜성처럼 기세 좋게 하늘로 날아올랐다.

자기 망각

"므스티슬라프 세르게예비치, 살았습니까?"

입이 불타는 것만 같았다. 불덩어리가 몸속으로 혈관을 따라 뼛속까지 흘러 다녔다. 로스는 눈을 떴다. 먼지 낀 작은 별이 그의 위에 아주 낮은 곳에서 반짝이고 있었다. 하늘이 이상했다. 누렇고 두툼하게 솜을 누빈 것 같은 것이 마치 트렁크 같았다. 무엇인가가 우주선을 두드렸다. 규칙적으로 두들기자 먼지투성이의 작은 별이 흔들거렸다.

"몇 시인가요?"

"시계가 서버렸습니다, 그것 참 문제지요."

목소리가 대답했다.

"우리가 비행한 지 오래되었습니까?"

"오래됐습니다, 므스티슬라프 세르게예비치."

"그런데 어디로 날아가고 있습니까?"

"그걸 누가 알겠습니까, 도대체 뭘 알아낼 수가 있어야지요. 암흑과 별들뿐입니다… 그저 우주 공간에서 떠도는 겁니다."

로스는 텅 빈 기억 속으로 파고 들어가려 애쓰면서 또

다시 눈을 감았지만 떠오르는 것은 아무것도 없었다. 그리하여 그는 끝이 보이지 않는 잠 속으로 또다시 잠겨 들어갔다. 구세프는 로스를 좀 더 따뜻하게 덮어주고 관찰공으로 돌아갔다. 이제는 화성이 찻잔 접시보다 작게 보였다. 화성의 말라버린 바다들의 밑바닥과 죽음의 황야들이 달빛으로 점점두드러져 보였다. 모래로 가득 찬 투마의 지표면은 점점 더 작아졌고 비행선은 투마로부터 점점 더 멀리 칠흑 같은 어둠 속 어딘가로 날아갔다. 이따금씩 작은 별빛이 눈을 찌르곤 했다. 그러나 구세프가 아무리 잘 살펴보아도 붉은 별은 어디에도 보이지 않았다.

구세프는 하품을 하고 이를 딱딱 부딪쳤다. 우주의 텅 빈 공간에서 비롯된 지루함이 그를 사로잡았던 것이다. 그는 물과 식량, 산소의 보유량을 검사해 본 후 담요로 몸을 감싸고 로스 옆 흔들거리는 마룻바닥 위에 몸을 눕혔다.

얼마 동안인지 긴 시간이 지났다. 구세프는 허기를 느끼며 잠에서 깼다. 로스는 눈을 뜨고 누워 있었는데 그의 얼굴은 주름지고 늙어 보였으며 양 볼은 푹 꺼져 있었다. 그가 조용히 물었다.

"우리가 지금 있는 곳이 어딥니까?"

"있던 곳 그대로지요, 므스티슬라프 세르게예비치. 우

주 공간입니다."

"알렉세이 이바노비치, 우리가 화성에 갔었나요?"

"아니, 므스티슬라프 세르게예비치, 당신은 아마 기억을 몽땅 잃어버린 모양입니다."

"그래요, 내 몸에 무슨 이상이 생긴 듯합니다… 기억을 더듬어보면 어렴풋한 기억이 군데군데 끊어집니다. 정말로 무슨 일이 있었는지 알 수가 없습니다. 모든 것이 다 꿈인 것만 같습니다. 마실 것을 좀 주십시오…"

로스는 눈을 감고 잠깐 가만히 있더니 떨리는 목소리로 물었다.

"그 여자도 꿈이었습니까?"

"누구 말입니까?"

로스는 대답을 하지 않고 고개를 떨어뜨리고 눈을 감았다.

구세프는 모든 관찰공들을 통해 하늘을 바라보았다. 어둠, 어둠뿐이었다. 담요를 어깨에 걸치고 몸을 잔뜩 구부린 채 앉았다. 생각하거나 기억을 더듬거나 뭔가를 기대할 마음이 전혀 없었다. 대체 무엇을? 바닥없는 허공 속에서 아찔한 속도로 달려가고 있는 쇠로 된 '계란'은 툭툭거리고 흔들거리면서 졸음을 불러왔다.

지구와는 다른 엄청나게 긴 시간이 얼마 만큼인가 흘

러갔다. 비몽사몽 상태의 구세프는 몸을 구부리고 앉아 있었다. 로스는 자고 있었다. 영원의 냉기가 심장과 의식 위에 보이지 않는 먼지로 내려앉고 있었다. 무서운 울부짖음이 귀청을 찢었다. 구세프는 눈이 휘둥그레져서 튕겨 일어섰다. 고함을 지른 것은 로스였다. 내팽개쳐진 담요 사이에 선 그의 얼굴 위로 가제 붕대가 풀어져 내려와 있었다.

"그 여자는 살아 있어!"

그는 뼈가 앙상한 두 손을 치켜들고 가죽으로 된 벽에 몸을 던지더니 벽을 두드리고 손톱으로 긁어댔다.

"그 여자는 살아 있어! 나를 내보내 줘… 숨이 막혀… 그 여자는 있었어, 있었단 말이야!"

그는 오랫동안 길길이 뛰고 소리를 질러댔다. 그리고 기운이 다 빠지자 구세프의 두 팔 안에서 늘어졌다. 이윽고 다시 잠잠해져서 졸기 시작했다. 구세프는 다시 담요 아래서 몸을 오그라뜨렸다. 다 타버린 잿더미처럼 온갖 열망이 사그라졌고 감정은 굳어버렸다. 청각은 쇠로 된 '계란'의 규칙적인 맥박에 익숙해졌고 다른 소리들은 듣지 못했다. 로스는 잠결에 중얼거리고 신음을 했고 어쩌다 그의 얼굴이 행복으로 물들기도 했다.

구세프는 잠든 사람을 뚫어지게 쳐다보며 생각에 잠겼

다. "꿈이 한창인 모양이네, 이 사람. 그래, 그럴 필요 없지. 깨지 말고 계속 자라고, 자… 눈을 뜨게 되면 바로 나처럼 이렇게 담요를 뒤집어쓴 채 움츠리고 앉아서 마치 얼어붙은 나무 그루터기 위에 앉은 까마귀처럼 덜덜 떨게 될 걸. 아, 밤, 이 밤아! 마지막 결말은…"

그는 심지어 눈도 감고 싶지 않았다. 그렇게 그는 어쩌다 번쩍거리는 어떤 못을 응시하면서 줄곧 앉아 있었다… 위대한 무심함이 찾아왔고 무아경이 찾아든 것이다…

그렇게 시간의 엄청난 공간이 쏜살같이 지나갔다. 서걱서걱하는 이상한 소리와 뭔가 두드리는 소리, 어떤 물체가 외부로부터 쇠로 된 '계란'의 외판에 닿는 소리가 들려왔다. 구세프는 눈을 떴다. 그의 의식이 돌아왔다. 그는 듣기 시작했다. 아마도 우주선이 돌덩이들과 쇄석들이 운집해 있는 곳을 뚫고 지나가는 모양이었다. 무엇인지 와르르 쏟아지더니 벽으로 기어올랐다. 웅성웅성했고 사각거렸다. 무언가가 우주선의 다른 측면을 타격하자 우주선이 기우뚱거렸다. 구세프는 로스를 깨웠다. 그들은 관찰공으로 기어갔고 둘 다 동시에 소리를 질렀다.

주변의 어둠 속에는 다이아몬드처럼 반짝거리는 조각들의 권역대가 펼쳐져 있었다. 쇄석들과 돌덩어리들, 크리스털의 무수한 면들이 날카로운 빛으로 반짝거렸다. 이

다이아몬드의 권역대 너머 아득히 멀리 캄캄한 밤 속에 부스스한 태양이 걸려 있었다.

"우리가 혜성의 앞머리를 통과하고 있는 것이 틀림없어요." 로스가 속삭였다. "가감저항기를 켜시오. 이 권역대에서 빠져나가야 해요. 그렇지 않으면 혜성이 우리를 태양 쪽으로 끌어갈 거요."

구세프는 상부에 있는 관찰공으로 기어 올라갔고 로스는 가감저항기 앞에 자리 잡았다. '계란'의 외판에 가해지는 충격이 더 잦아졌고 더 강력해졌다. 구세프가 위쪽에서 소리를 질렀다.

"살살 하시오, 돌덩이가 오른쪽에 있어요… 최고로 올리세요… 산만 한 것이, 산 같은 바위가 지나가요… 지나갔습니다… 빨리, 빨리요. 므스티슬라프 세르게예비치."

지구

다이아몬드의 권역대는 우주 공간을 떠도는 혜성이 지나간 흔적이었다. 혜성의 중력권 안에 끌려 들어간 우주선은 오랫동안 쇄석들 사이를 겨우겨우 헤쳐 지나야 했다. 우주선의 속도는 급격히 증가되었고 수학의 절대 법칙들이 작용했다. 우주선의 항로와 운석들의 방향이 서서히 변했다. 그래서 태양과 점점 더 큰 각도로 멀어져갔다. 미지의 혜성의 머리였던 금빛 운무와 혜성의 자취였던 운석들의 흐름은 절망적인 곡선인 쌍곡선을 그리며 사라졌는데, 태양의 모퉁이를 돌고 나서 우주 공간 속으로 영원히 사라지기 위함이었다. 우주선의 둥근 항로는 점점 더 타원형에 가까워졌다.

지구로 귀환한다는 거의 실현 불가능한 희망이 로스와 구세프에게 생의 의지를 일깨웠다. 이제 그들은 관찰공에서 떨어지지 않고 하늘을 관찰했다. 우주선의 한 측면이 태양으로 인해 상당히 뜨거워져서 옷을 벗어야 했다.

다이아몬드 권역대가 저 아래쪽으로 멀어져갔다. 작은 불꽃처럼 보이다가 희뿌연 안개가 되더니 사라져버렸다. 이윽고 상당한 거리를 두고 토성이 모습을 드러냈다. 위성들로 에워싸인 토성은 무지갯빛 고리들로 다채로운 색채를 뿜냈다.

혜성에 이끌렸던 '계란'은 화성의 원심력에 의해 내던져졌었던 그 태양계로 돌아갔다.

일순간 한 줄기 섬광이 어둠을 갈랐다. 그 빛은 곧 창백해지더니 꺼져버렸다. 그것은 소행성대였다. 즉 무수히 무리를 지어 태양의 주위를 선회하고 있는 작은 행성들이었다. 소행성들의 인력은 비행선의 둥근 항로를 한층 더 휘어지게 만들었다. 마침내 로스는 상부 관찰공 중의 하나를 통해서 이상하고 눈부시게 가느다란 낫의 형태를 발견했다. 그것은 금성이었다. 거의 동시에, 다른 관찰공으로 밖을 관찰하고 있던 구세프가 무섭게 콧김을 내뿜더니 땀을 흘리며 온통 상기된 채 몸을 돌렸다.

"저거예요. 틀림없어요. 그 별입니다!"

어둠 속에서 은빛 도는 푸른 구체가 따뜻하게 빛났다. 그 별의 한쪽 옆에서 구스베리 크기만 한 작은 구체가 그것보다 더 선명하게 빛나고 있었다. 우주선은 그 구체들의 약간 옆쪽을 질주하고 있었다. 그때 로스가 위험한 조치를 취할 것을 결심했다. 파열 축을 항로 궤도에서 벗어나게 하기 위해서 우주선의 목 부분을 회전시키는 것이었다. 회전에 성공했다. 진행 방향이 변경되었다. 따뜻한 구체가 서서히 정점으로 옮겨갔다.

시간의 공간을 날고 또 날았다. 로스와 구세프는 관찰공에 달라붙어 있거나 이리저리 내던져진 가죽과 담요 사이에서 뒹굴었다. 들러붙기도 하고 이리저리 널려 있는 털옷과 담요 위에 쓰러지기도 했다. 최후의 기력이 빠져나갔다. 갈증이 고통스러웠다. 물은 다 마셔버리고 없었다. 그런데 로스는 반무의식 상태에서 가죽, 담요와 자루들이 벽으로 기어오르는 것을 보았다. 허리까지 맨살을 드러낸 구세프의 몸이 공중에 떠 있었다. 모든 것이 마치 꿈결 같았다. 구세프는 관찰공 앞에 엎드린 채 누워 있었다. 그런데 그가 중얼거리며 몸을 일으키더니 가슴을 움켜쥐고 더부룩한 머리를 흔들어대기 시작했다. 그의 얼굴은 눈물범벅이었고 콧수염은 축 늘어졌다.

"내 어머니 지구야. 나의 어머니, 지구야!…"

흐릿한 의식 속에서도 로스는 지구의 인력에 의해서 우주선이 방향을 바꿨고 지구를 향해 제대로 비행하고 있음을 알 수 있었다. 그는 가감저항기로 기어가서 그것들을 돌려놓았다. '계란'은 진동하면서 굉음을 울렸다. 그는 관찰공으로 몸을 굽혔다.

햇빛으로 가득 찬 거대한 물의 구체가 어둠 속에 걸려 있었다. 푸르게 보이는 것은 대양이었고 녹색으로 보이는 것은 늘어선 섬들이었다. 구름 들판이 어떤 대륙을 덮어 가리고 있었다. 축축한 구체는 천천히 회전했다. 눈물 때문에 바라보기가 힘들었다. 가슴 벅찬 사랑으로 인해 눈물을 흘리면서 마음은 빛나는 푸른 바다의 기둥을 향해 비상했다. 인류의 고향! 생의 구현! 세계의 심장!

지구가 하늘의 절반을 가렸다. 로스는 가감저항기를 끝까지 돌렸다. 그래도 비행 속도는 여전히 맹렬한 것이어서 외판이 작열했고 고무 커버가 부글부글 끓기 시작했다. 가죽으로 덧댄 부분에서 연기가 치솟았다. 혼신의 힘을 다해 구세프는 승강구의 뚜껑을 돌렸다. 문틈으로 얼음 바람이 울부짖으며 밀려들었다. 지구는 품을 열고 탕자들을 맞아들였다. 충격은 극심한 것이었다. 선체의 외부가 터져버렸다. '계란'은 풀이 무성한 작은 언덕에 목 부분을 깊숙이 쑤셔 박았다.

6월 3일 일요일 정오였다. 추락 지점으로부터 상당히 떨어진 거리에 있는 미시간 호수의 호반에서 보트를 타고 즐기던 사람들, 레스토랑과 카페의 노천 테라스에 앉아 있던 사람들, 테니스와 골프, 축구를 즐기던 사람들, 구름 한 점 없는 하늘에 종이 연을 띄우던 사람들, 일요일을 맞아 푸른 호반의 정취와 6월의 나뭇잎들이 살랑거리는 소리를 만끽하려고 나들이를 나온 많은 사람들이 약 5분여 동안 이어지는 이상한 울부짖는 듯한 굉음을 들었다.

세계대전 시절을 기억하고 있던 사람들은 하늘을 쳐다보면서 중화기의 포탄들이 저렇게 윙윙거리는 소리를 냈었다고 말했다. 잠시 후 많은 사람들이 땅 위로 재빨리 미끄러져 지나가는 '계란' 형태의 그림자를 볼 수 있었다.

한 시간도 채 못 지나서 우주선이 추락한 곳에 많은 사람들이 모여들었다. 호기심 많은 사람들이 사방에서 운집했는데 울타리를 넘기도 하고, 자동차로 서둘러 오기도 하고, 보트를 타고 푸른 호수로 오기도 했다. 광재(鑛滓)의 막으로 뒤덮이고 우그러지고 터진 '계란'은 기울어진 채 작은 언덕배기에 서 있었다. 이런저런 가설들이 많이 제기되었는데 한결같이 엉터리 같은 소리들뿐이었다. 특히 반쯤 열린 승강구에 '러시아 소비에트 사회주의 연방 공화국. 192×년 8월 18일 페트로그라드에서 발사'라고 끌로 새겨진 글을 읽게 되었을 때 군중들은 웅성거리기 시작했다. 오늘이 바로 19××년 6월 3일이었기 때문에 더욱더 놀라지 않을 수 없었다. 즉, 우주선에 새겨진 표기는 지금부터 3년 반 전에 이루어진 것이었다.

그리고 나서 그 비밀스런 우주선 안쪽에서 약한 신음 소리가 들려오자 군중들은 공포에 질려 물러서며 숨을 죽였다. 경찰관과 의사, 사진기를 든 열두 명의 통신원들이 나타났다. 선창을 열고 '계란' 내부에서 반라의 두 사람이 굉장히 조심스럽게 모습을 드러냈다. 한 사람은 뼈만 앙상하고 백발을 한 나이든 사람으로 의식을 잃고 있었고, 다른 한 명은 얼굴이 여기저기 상하고 팔이 부러진 채 애처롭게 신음 소리를 내고 있었다. 군중들 속에서 동정의 탄식과 여인들의 우는 소리가 들려왔다. 하늘의 여행자들은 자동차에 실려 병원으로 옮겨졌다.

활짝 열린 창문 너머에서 새 한 마리가 행복에 겨워 맑은 소리로 노래를 불렀다. 햇빛과 푸른 하늘을 노래했다. 로스는 베개를 베고 가만히 누운 채 듣고 있었다. 주름진 얼굴을 따라 눈물이 흘러내렸다. 그는 어디선가 이 맑은 새소리를 들은 적이 있었다. 그런데 언제, 어디에서?

아침 바람을 가볍게 품고 있는 반쯤 열린, 커튼이 달린 창밖으로 회청색 이슬이 풀잎 위에서 반짝거렸다. 물기를 머금은 잎사귀들이 커튼에 그림자를 드리우고 어른거렸다. 새가 노래했다. 저 멀리 숲에서 희고 풍성한 구름이 떠올랐다.

그 누군가의 심장이 이 땅, 이 구름, 저 요란한 폭우와 반짝거리는 이슬, 그리고 푸른 언덕 사이를 떠도는 거인들을 그리워했었다… 그는 회상했다. 이렇게 환한 아침에 지구가 아닌 곳에서 새는 아엘리타의 꿈을 노래했던 것이다… 아엘리타… 그런데 그 여자가 정말 있었던 것인가? 아니면 그저 꿈에서 본 것인가? 아니다. 새는 유리 방울을 굴리는 듯한 목소리로, 언젠가 저녁노을처럼 푸르스름한 여자가 슬픔 어린 야윈 얼굴을 하고 밤이면 모닥불 곁에 앉아 옛사랑의 노래를 불렀다고 종알거리고 있었다.

로스의 주름진 뺨 위로 눈물이 흐른 까닭이 바로 이것이었다. 새는 저 별들 너머에 남은 여자에 대해서, 하늘을 날아온 백발의 주름투성이 늙은 몽상가에 대해 노래했다.

바람이 더 세게 커튼에 불어오자 밑자락이 가볍게 펄럭였다. 방 안으로 꿀과 흙, 습기의 냄새가 들어왔다.

그런 어느 날 아침 스카일스가 병원에 나타났다. 그는 로스의 손을 꽉 잡고 "축하합니다. 소중한 친구여."라고 말한 후 모자를 뒤통수까지 젖혀 쓰고는 침대 옆 걸상에 앉았다.

"이 여행으로 몹시 몸이 상하셨군요, 노인장. 지금 막 구세프를 보고 오는 길입니다만 그는 정말 대단하던데요. 두 팔은 깁스를 하고 턱도 부러졌지만 계속 웃어대고 있었습니다. 돌아온 것이 아주 만족스러운 모양입니다. 나는 페트로그라드의 그의 아내에게 전보를 보내고 5천 달러를 송금했습니다. 당신에 대해서는 우리 신문사에 전보를 보냈습니다. '여행 스케치'로 거액을 받게 되실 겁니다. 하지만 우주선을 수리하셔야 할 겁니다. 당신은 착륙을 잘못 했으니까요. 이런, 정말이지, 생각해 보세요. 페트로그라드에서의 그 미친 듯한 저녁 이래로 거의 4년이 지나갔습니다. 어르신, 내 충고하는데, 근사한 코냑을 한 잔 들이켜세요. 그러면 살맛이 돌아올 겁니다."

스카일스는 상대방을 쾌활하고도 살뜰하게 들여다보면서 떠들어댔다. 검게 그을린 그의 얼굴은 태평해 보였고 눈에는 탐욕스런 호기심이 가득했다. 로스는 그에게 손을 내밀었다.

"당신이 찾아주어서 기쁩니다. 스카일스 씨."

사랑의 목소리

눈구름 떼는 주다노프 강변 거리를 따라 흘러갔고, 눈보라는 보도 위를 낮게 휩쓸며 기어갔고, 눈송이들이 미친 듯 흔들리는 가로등 주변에서 빙빙 맴돌았다. 현관과 창문들에도 눈이 흩뿌렸으며 강 건너 공원에서는 눈보라가 윙윙대며 몰아치고 있었다.

코트 깃을 세우고 바람이 부는 방향으로 몸을 구부리고서 로스가 강변길을 걷고 있었다. 따뜻한 목도리가 그의 등 뒤에서 펄럭거렸고, 그는 미끄러질까 봐 조심스레 걸었으나 날리는 눈송이가 얼굴을 때렸다. 보통 때처럼 그는 공장을 나와 외로운 아파트로 돌아가는 길이었다. 강변 거리의 주민들은 그의 창 넓은 모자와 얼굴 아랫부분을 가리는 목도리, 구부정한 어깨 따위에 익숙해졌고, 그가 고개 숙여 인사하거나 바람이 그의 백발을 불어 올릴 때, 아직 아무도 본 적이 없는 것을 일찍이 목격했기에 생긴 그의 이상한 시선에도 더 이상 놀라지 않았다.

다른 시기라면 누구든 분명히 어떤 젊은 시인이 목도리를 휘날리며 눈보라 속을 어슬렁거리는 그의 괴상한 모습에 영감을 얻어 시를 썼을 것이었다. 하지만 지금은 다른 시기였다. 시인들은 휘몰아치는 눈보라와 별들, 구름 너머의 아득한 나라에 열광하는 것이 아니라 전국에서 울려 퍼지는 망치 소리와 톱날이 돌아가는 소리, 사각사각하는 낫 소리와 휘파람 소리 같은 큰 낫 소리 등 활기찬 대지의 노래에 열광하고 있었다.

로스가 지구로 돌아온 지 반년이 지나갔다. 화성에서 두 사람이 날아왔다는 첫 전파가 타전되었을 때 전 세계 사람들을 사로잡았던 호기심도 가라앉았다. 로스와 구세프는 도합 150번의 연회, 만찬회 및 학술회의들에 참석해 차려진 음식을 먹었다. 구세프는 페트로그라드에서 마샤를 데려와 인형같이 화려한 옷을 사 입혔고 수백 번의 인터뷰를 했으며 오토바이를 장만했는가 하면 둥근 테 안경을 쓰기 시작했다. 그리고 반년 동안 미국과 유럽 각지를 돌아다니면서 화성인들과 치른 싸움, 거미와 혜성들, 또한 자기와 로스가 큰곰자리로 날아갈 뻔한 일 등을 이야기했다. 소련으로 돌아온 후 구세프는 '화성에 잔존하는 노동자들의 구원을 위해 전투대를 화성에 파견하기 위한 협의회'를 조직했다.

로스는 페트로그라드의 한 기계 공장에서 화성에서 봤던 모터를 만들어냈다.

오후 여섯 시 무렵이면 로스는 보통 집으로 돌아와 외

롭게 저녁을 들었다. 잠자기 전에 그는 책을 펼쳐들곤 했는데 시인들의 시 구절은 어린아이들의 혀짤배기소리 같았고 소설가들의 픽션은 아이들의 말장난 같기만 했다. 불을 끄고 그는 오랫동안 누워서 어둠 속을 응시했다. 외로운 상념들이 길게 이어졌다.

오늘도 여느 때처럼 로스는 강변 거리를 지나왔다. 눈구름이 사납게 아우성치면서 높이 휘몰아 올라갔다. 처마 받침과 지붕들이 희부옇게 보였고 가로등들이 흔들거렸다. 숨이 막힐 것만 같았다.

로스는 멈춰 서서 고개를 들었다. 바람이 눈보라를 몰고 오는 구름을 찢어놓았다. 깊이를 알 수 없는 캄캄한 하늘에 별이 반짝였다. 로스는 제정신이 아닌 눈길로 그 별을 바라보았다. 별빛이 가슴속으로 쏟아져 들어왔다…

"투마, 투마, 슬픔의 별아…" 흘러가는 구름의 끝자락이 다시 열린 하늘을 닫아버리고 별을 가렸다. 바로 그 찰나, 여태까지는 늘 그가 놓쳐버리기만 했던 어떤 모습이 두려울 정도로 선명하게 그의 머릿속을 스쳐 지나갔다…

꿈결 속에 어떤 소리가 들렸는데 마치 화난 벌이 웅웅대는 소리 같았다. 큰 소리가 났다. 문을 두드리는 소리였다. 잠자고 있던 아엘리타는 잠에서 깨어나면서 전율을 하고 한숨을 쉬며 부들부들 떨었다. 작은 동굴의 어둠에 가려 로스는 아엘리타를 보지 못했고 그녀의 심장이 뛰는 것을 느낄 따름이었다. 문을 두드리는 소리가 또 들렸다. 밖에서 투스쿠프의 목소리가 들렸다. "그들을 체포하시오." 로스는 아엘리타의 어깨를 움켜잡았다. 그녀는 들릴락 말락 하는 목소리로 말했다.

"나의 남편, 하늘의 아들이여, 안녕히."

그녀의 손가락이 그의 얼굴을 재빨리 미끄러져 지나갔다. 그때 로스는 손을 더듬어서 그녀의 손을 찾기 시작했고 독이 든 작은 약병을 빼앗았다. 그녀는 아주 빨리, 단숨에 그의 귀에 대고 속삭였다.

"저에게는 금지된 것이 있어요. 저는 마그르 여왕에게 바쳐진 몸이에요… 고대의 풍습과 마그르의 무서운 법에 의하면 희생 제물의 금지령을 어긴 처녀를 미궁이나 우물 속에 던져 넣기로 되어 있어요. 당신은 그 미궁을 보았지요… 하지만 저는 하늘의 아들의 사랑에 저항할 수 없었어요. 저는 행복해요. 생명을 준 것에 대해 당신에게 감사드려요. 당신은 저를 수천 년 된 '하오'로 돌려놓았어요. 고마워요, 나의 남편이여…"

아엘리타가 그에게 입을 맞추었고 그는 그녀의 입술에서 쓰디쓴 독약의 향을 느꼈다. 그러자 그는 남아 있던 검은 액체를 죄다 마셔버렸는데 약병에는 독약이 아직 많이 남아 있었다. 아엘리타는 간신히 손을 뻗어 그를 만졌다. 문을 두드리는 소리에 로스는 몸을 일으키려 했지만 의식은 몽롱하고 팔과 다리가 말을 듣지 않았다. 그는 침대로 돌아가 아엘리타의 몸 위에 쓰러지며 그녀를 안았다. 화성인들이 작은 동굴 안으로 들어왔을 때 그는 꼼짝도 하지 않았다. 그들은 그를 아엘리타에게서 떼어낸 후 그녀의 몸에 천을 덮고 들고 나갔다. 마지막 기력을 다하여 그는 그녀의 검은 망토 끝자락을 잡으려고 몸을 던졌지만 번쩍하는 사격의 섬광과 가슴팍에 가해진 둔탁한 충격으로 인해 그는 뒤로 내던져졌고 동굴의 황금문 쪽에 쓰러졌다…

....

바람을 이겨내면서 로스는 강변 거리를 달렸다. 그리고 다시 멈춰 서서는 눈구름 속에서 빙빙 돌면서 그때―우주의 암흑 속에서―와 마찬가지로 고함을 질렀다.

"살아 있어, 살아 있어… 아엘리타, 아엘리타…"

바람은 지구에서 처음 불려진 이 이름을 맹렬한 기세로 움켜잡아서, 날려가는 눈 사이에 흩어놓았다. 로스는 목도리에 턱을 들이밀고 손을 주머니에 깊이 집어넣고 비틀거리며 집을 향하여 겨우 걷기 시작했다.

현관 앞에 자동차가 서 있었다. 자동차 헤드라이트가

비추는 뿌연 연기 기둥 속에서 하얀 파리들이 맴돌고 있었다. 부스스한 털외투를 입은 사람이 얼어붙은 신발창으로 춤추듯 인도를 따라 걸어왔다.

"당신 때문에 왔습니다. 므스티슬라프 세르게예비치."
그는 활기차게 외쳤다.
"차에 타시지요. 갑시다."

그 사람은 구세프였다. 그가 서둘러 설명했다. 오늘 저녁 일곱 시에 아주 강력한 미지의 신호를 받게 될 것으로, 이번 주 내내 라디오 전화국이 기대해 왔다는 것이었다. 그 신호의 암호는 풀리지 않았다. 일주일 내내 전 세계의 신문들에 이 신호와 관련된 추측들이 분분했는데, 이 신호들이 화성에서 오는 것이라는 가설도 있었다. 그리하여 라디오국 국장이 오늘 저녁 로스를 초청하여 이 비밀스런 전파를 수신해 달라는 것이었다.

로스는 말없이 자동차에 탔다. 흰 눈송이들이 헤드라이트의 원추형 빛 속에서 격렬하게 춤추고 있었다. 눈보라가 얼굴로 돌진했다. 눈으로 뒤덮인 네바 강 위로 도시의 연보랏빛 노을과 강변을 따라 늘어선 가로등들이 반짝거리고 있었다, 불빛, 불빛… 어디선가 얼음을 깨고 있는 쇄빙선의 사이렌이 멀리서 길게 이어졌다.

크라스느이-조르 거리의 끝, 눈으로 뒤덮인 공터에

쌩쌩 소리를 내는 나무들 아래에 서 있는 둥근 지붕의 작은 집 앞에 자동차가 멈춰 섰다. 눈구름 속에 잠긴 쇠창살 탑과 철조망이 고독하게 울부짖었다. 로스는 눈이 쌓인 출입문을 활짝 열고 따뜻한 작은 집 안에 들어가 목도리와 모자를 벗었다. 볼이 붉고 약간 뚱뚱한 사람이 추위로 빨갛게 된 그의 손을 따뜻하고 포동포동한 손으로 쥔 채 그에게 뭔가를 설명하기 시작했다. 시곗바늘이 일곱 시에 가까워지고 있었다.

로스는 수신기 앞에 앉아 헤드폰을 머리에 썼다. 시침이 기어가고 있었다. 아, 시간, 초조하게 쿵쿵대는 심장, 우주의 얼어붙은 공간!

느린 속삭임이 그의 귀에 들렸다. 로스는 즉시 눈을 감았다. 머나먼 불안에 싸인 느린 속삭임이 또다시 들려왔다. 어떤 이상한 단어가 반복되었다. 로스는 청각을 긴장시켰다. 이 지상의 것이 아닌 언어로 슬프게 같은 말을 반복하는 머나먼 목소리가 마치 고요한 번개처럼 그의 심장을 꿰뚫었다.

"당신은 어디에 계신가요, 하늘의 아들이여. 어디 계신가요, 어디에?"

목소리가 멎었다. 로스는 하얘지고 크게 뜬 눈으로 자기 앞을 응시하고 있었… 아엘리타의, 사랑의, 영원의 목소리, 그리움의 목소리가 "당신은 어디에 계신가요. 당신은 어디에, 내 사랑" 하고 부르고, 찾고, 외치면서 전 우주를 날아다니고 있었다.

해설

  소설 《아엘리타(Аэлита)》는 1922년 베를린에서 집필되었고 그해 그곳에서 열렸던 소비에트 건국 5주년 기념식에서 그 일부가 낭독된 이후, 당시 가장 저명한 소비에트 문학잡지인 〈붉은 처녀지(處女地)〉(1922년 No.6, 1923년 No.1, 2)에 게재되었다.

  《아엘리타》는 톨스토이의 창작 이력 가운데, 상반되는 두 시기의 경계에서 나온 작품으로, 그가 망명지에서 조국으로 돌아온 후 소비에트 러시아에서 처음 출판한 것이다. 많은 연구가들이 지적하고 있는 바와 같이, 이 작품은 소비에트 환상과학과 유토피아 담론의 본격적인 장을 연 작품으로 평가받고 있으며, 이후 이 장르에 지대한 영향을 끼쳤다. 또한 이 작품은 1924년 야코프 프로타자노프 감독에 의해 영화로 제작되기도 했다. 원작 소설의 인기에 힘입어 1924년 9월 25일 모스크바에서 개봉된 이 영화는 커다란 반향을 일으켰다. 영화를 보기 위해 몰려든 군중들 때문에 정작 감독인 프로타자노프 자신은 극장에 입장하지 못했을 정도였다고 한다. 영화〈아엘리타〉는 세르게

이 에이젠슈테인의 〈전함 포템킨〉이 국제적으로 성공을 거두기 전까지 다른 어떤 소비에트 영화보다도 해외에서 큰 명성을 얻었다. 우리나라에서는 2005년 '리얼 판타스틱 영화제'의 개막작으로 〈아엘리타-로봇들의 반란〉이라는 제목으로 상영되었다.

《아엘리타》는 H. G. 웰스, J. 런던, E. 버로스로부터 O. 슈펭글러, R. 슈타이너, B. 브류소프 등에 이르기까지, 실로 많은 작가들의 작품으로부터 차용된 조각들로 이루어진 모자이크 소설이다. 이 작품은 19세기 말에서부터 20세기 초에 이르기까지 화성에 관한 일련의 소설들 가운데에서, 선행 작품인 H. G. 웰스의 《우주 전쟁》(1898), A. 보그다노프의 《붉은 별》(1908) 그리고 톨스토이의 동시대인인 미국 작가 E. 버로스의 《화성의 달 아래에서》(1912) 다음으로 네 번째 위치를 차지한다.

이외에도 이 작품의 원천으로 다음 두 작품을 빼놓을 수 없다. 주인공 로스의 계란 모양의 우주선 건조는 바로 러시아의 저명한 학자인 K. 치올콥스키가 〈제트 기구를 통한 세계 공간의 연구〉(〈과학평론〉, 1903, No. 5)에서 제시한, 행성 간 로켓 비행에 대한 이론에서 서술했던 로켓을 재현한 것이다. 이와 더불어 톨스토이는 '불멸의 문제'와 '우주 정복'이라는 테마 역시 니콜라이 표도로프의 철학적 견해로부터 가져오고 있다.

플롯의 측면에서 볼 때《아엘리타》는 다음과 같은 유토피아 문학의 전형적인 구조를 가지고 있다.

1. 주인공－화자의 현실 세계로부터 우주로의 출발.
2. 항해 및 모험 그리고 갑작스러운 장애물과 유토피아 세계에 도착.
3. 유토피아 세계의 관찰(외적인 면).
4. 유토피아 거주민들과의 대화(내적인 면).
5. 현실 세계로의 회귀.

이 도식에 따라《아엘리타》의 플롯을 요약해 보면 다음과 같다.

로스와 구세프 두 주인공은 지구를 떠나 어렵사리 어두운 우주 공간을 지나 마침내 화성에 도착한다. 그 다음 로스의 눈을 통해 화성의 모습이 묘사된다. 황폐하게 내버려진 집을 통해 지구인을 연상시키는 각종 그림과 조각, 물건들이 제시되며 이로 인해 화성의 과거에 대한 의문이 제기된다. 이후 화성인과의 조우를 통해 현재 화성의 외부 모습이 묘사된다. 이를 통해 독자들은 화성의 구(舊)시가의 흔적과 신(新)시가의 모습 그리고 발전한 과학기술에 대해 알게 된다. 그러나 본격적으로 화성의 내부 세계에 대해 알게 되는 것은 화성의 최고 이사회 위원장이자 통치자인 투스쿠프의 딸 아엘리타에 의해서이다. 그녀는 로스와 구세프에게 화성의 말을 가르치고, 특히 로스에게는 두 번에 걸쳐 화성의 과거 역사와, 과거 지구의 황금시대로 불리던 아틀란티스 대륙과 그곳 사람들의 일부가 대륙의 멸망과 함께 화성으로 날아온 사실 등이 담긴 '아틀란티스 전설'을 들려준다. 한편 구세프를 통해 보다 본질적인 화성의 현재에 관한 서술이 이루어진다. 아엘리타의 집 집사의 딸 이호슈카에 의해 구세프는 화성의 통치 제도와 사회생활(대중 오락회, 마약, 복권), 그리고 금지 사항 등에 관해 알게 되며, TV와 유사한 화면을 통해 화성 시가지 구석구석을 살피고 이를 통해 화성의 서로 다른 두 가지 생활을 알게 된다. 뒤이어 화성의 최고 통치자 투스쿠프와 이에 대항하는 노동자 주민의 대표인 고르의 투쟁이 시작되며 이는 혁명으로까지 발전하게 된다. 이 과정에서 구세프가 혁명군을 이끌며 맹활약을 펼친다. 그러는 사이 로스는 아엘리타와 사랑에 빠져 그로 인해 번민하게 된다. 하지만 혁명은 끝내 실패로 돌아가게 되고, 로스는 사랑하는 아엘리타를 뒤로하고 구세프와 함께 화성을 탈출하여 가까스로 지구로 귀환하게 된다. 지구 귀환 후 한동안 일었던 사람들의 호기심이 가라앉고, 다시 두 사람이 일상에 젖어들기 시작하던 어느 날, 우주를 가르며 날아오는, 로스를 찾는 아엘리타의 무선신호로 작품은 끝을 맺는다.

소설 《아엘리타》의 플롯은 두 가지 주된 흐름을 갖고 있다. 로스를 본질적으로 변화시키는, 아엘리타와의 '사랑의 테마'가 그중 하나이다. 두 사람은 이 플롯 전개의 전면에 위치한다. 로스에게 사랑은 자극제이며 모든 행동의 목적이자 삶의 의미이다. 사랑의 아픔을 잊고 견뎌내기 위해 그는 화성으로의 여행을 감행하지만, 혁명의 뇌우가 온 행성을 뒤흔드는 그곳에서 로스는 또다시 아엘리타와의 '사랑의 뇌우'를 겪게 된다. 사랑의 재생적 힘은 무(無)로부터 실체를 소생시키는 본질이며, 이 힘은 인간을 '얼음과 같은 고독'으로부터 해방시킨다. 아엘리타 역시 사랑에 눈을 뜨게 되면서 지구에서 온 하늘의 아들(로스)에게 자신을 내줌으로써 새로운 삶을 탄생시키고, 화성을 짓누르고 있는 죽음을 극복하고자 희망한다. '마지막으로 보이는 별빛'이라는 뜻의 이름을 가진, '별빛에서 태어난' 화성의 비너스인 아엘리타는 작품에서 영원한 지혜를 소유한 여성의 상징적 구현이다. 그녀에게 사랑의 길은 '죽음에서 삶으로의 길이며, 차가워지는 화성으로부터 즐겁고 푸른 지구로의 길'이다. 이들은 운명을 초월한 사랑을 통해 자기 동일성의 의미를 되새기게 해준다.

소설《아엘리타》가 갖고 있는 다성악(多聲樂)적 성격은, 주인공들의 각기 다른 목소리를 통해 화성과 소비에트 세계를 보여주고 있는 톨스토이의 서술 방식에 있다. 그는 화성 세계 체제의 방어자이자 통치자인 투스쿠프, 실패한 프롤레타리아 혁명의 지도자인 고르, 투스쿠프의 딸이지만 목가적인 '아카디아'로 격리된 아엘리타, 이 세 사람을 통해 화성 사회를 조명한다. 이 가운데, 아엘리타는 이 두 세계 사이의 중재자로서 기능한다. 여기에서 이 작품의 또 다른 주요한 플롯의 한 축인 '혁명의 테마'가 제시된다.

작품에서 화성은 적대적인 두 진영으로 나눠진 사회로 제시된다. 투스쿠프를 지도자로 한 '오로지 선택된 자만을 위한 문명'의 사상을 주장하는, 권력을 가진 부유한 엘리트와 반대로 힘겨운 노동으로 고통받는 가난한 노동자들이다. 스크린 속에서 우울하고 암담하고 희망 없는 사람들의 모습과, 선택된 자들의 밝고 화려하고 생기 넘치는 모습이 교차된다. 뒤이어 '투스쿠프' 장(章)에서는 인간의 무절제의 제거와 '도시의 완전한 파괴'를 통해 도달되는, 오직 선택된 자만을 위한 행복을 설파하는 투스쿠프의 '화성 몰락 이론'이 언급된다. 투스쿠프를 조종하는 것은 탐욕 혹은 어떤 저급한 열정이 아니다. 그는 오직 권력을 원할 뿐이다. 그는 꺼져가는 화성의 인류를 갱생시키려 하지 않는다. 재생이 불가능하기 때문이 아니라 갱생시키려는 노력이 그의 권력을 동요시키고 그의 철학과 그의 화려한 몰락의 '미학'을 파괴하려고 위협하기 때문이다. 바로 여기에 그의 전제주의적 도덕의 핵심이 들어 있다. 그의 속셈을 간파하고 있는 프롤레타리아의 지도자 고르가 지구에서 온 사람들을 통해 구원의 희망을 제기할 때, 그는 또다시 이에 대해 화성의 몰락 이론과 도스토옙스키적인 '행복한 개미집의 논리'*로 대답한다. 이것은 '개미 같은 삶'과 '감시'로 상징되는 도스토옙스키와 예브게니 자먀틴의 반(反)유토피아 세계를 연상시킨다. 투스쿠프가 화성에 심어놓은 권력 및 사회구조는, 한 개인의 개별적인 '나'를 전권을 가진 독재자의 의지 속에 구현된 '우리'에 완전히 종속시키는 것에 그 토대를 두고 있다. 이런 점에서

---

* 도스토옙스키의 《카라마조프가의 형제들》 중 '대심문관' 장(章)에서 언급된 '빵의 문제'를 해결하기 위해 자유를 포기한 인류에 대한 비유적 표현.

《아엘리타》는 러시아 반(反)유토피아 문학의 주요 계보를 이루는 작품으로 정의될 수 있다.

더불어 《아엘리타》는 시간과 관련된 독특한 유토피아적 특징을 보여주고 있다. 이 작품에서 우리는 로스와 구세프가 되돌아온 날짜가 이 작품이 출간된 해이며, 작가가 소비에트로 되돌아온 해인 1923년보다 2년 뒤인 1925년 6월이라는 것을 알 수 있다.* 이것은 이 작품이 '예견(豫見)으로서의 유토피아'라는 일반적인 문제를 다루고 있음을 의미한다. 수 세기 동안 유토피아는 '존재하지 않는 곳'에 위치한 추상적인 이상 또는 보다 나은 미래로 묘사되어 왔다. 그러니까 그런 작품들이 주로 그 세계를 묘사하는 화자의 동시대로부터 머나먼 미래 세계를 그렸다고 한다면, 《아엘리타》는 다른 특징을 갖고 있다. 톨스토이의 유토피아는 더 이상 존재하지 않는 곳에 위치하는 고립된 섬이 아니라 구체적인 사회·역사적 문맥 속에서 쓰이고 읽히는 텍스트이다. 톨스토이가 화성을 통해 알레고리적으로 표현하고 있는, 현존 사회·정치적 시스템의 결점을 제

---

* 작품에는 구체적인 연도가 언급되어 있지 않지만, 작품 내용을 고려해 볼 때 그와 같이 추측할 수 있다.

시하기 위해 실제 사회 질서와 대조시키고 있는 이상적 모델은 먼 미래가 아닌 아주 가까운 미래의 모습이다. 다시 말해, 시공간 속에서 현존하는 현실과, 고리키가 말한 '제3의 현실'인 미래 사이에 존재하는 간극의 사라짐은 독자의 실제 세계와 유토피아적 미래상 사이의 긴장을 증대시키며, 기존의 정적인 유토피아 모델을 동적으로 만들어주고 있음을 의미한다. 물론 그가 묘사하고 있는 가까운 미래인 1925년의 페트로그라드*는 두말할 필요 없이 작가의 소비에트 미래에 대한 염원의 반영이다.

환상의 합리화가 주된 사건이며, 현실의 대안적 모델의 구성이 그 기능인, 그러한 환상적 플롯에 토대를 둔 작품을 '환상과학 작품'이라고 부를 수 있다면, 《아엘리타》

---

* '페트로그라드'는 지금의 '상트페테르부르크'의 20세기 초 명칭이다. 1703년 세워진 상트페테르부르크는 여러 차례 도시 이름이 바뀌었다. 도시 창건 때부터 1914년까지 상트페테르부르크로 불리다가 1914년 1차 세계대전이 발발하여 독일과 싸우게 되자, 도시 이름에 들어가 있는 '부르크'라는 독일어 어원 대신 '그라드'라는 슬라브어 어원을 붙여 '페트로그라드'로 개칭했다. 이후 1924년 레닌이 죽자 그를 기념하기 위해 도시 이름을 다시 '레닌그라드'로 개칭했다. 1991년 소연방 붕괴 후 다시 원래 이름인 '상트페테르부르크'로 환원되었다.

는 일종의 환상과학 작품이라 말할 수 있다. 그러나 유토피아가 단지 '존재하지 않는 장소(u-topos)'뿐만 아니라 '좋은 장소(eu-topos)'를 의미하며, 그것의 기능이 단순히 현실의 가능한 변형들 중에서의 대안이 아닌 보다 나은 변형의 형성을 의미하는 것이라고 한다면, 《아엘리타》는 또한 유토피아 작품이라고 정의 내릴 수 있다.

끝으로 이 작품과 관련하여 결코 간과해서는 안 될 점이 있다. 그것은 1920년대 소비에트 문학 공간에서의 유토피아에 대한 고려이다. 1920년대 당시 소비에트 문학에 있어서 유토피아는 단지 수많은 문학 장르 중 하나에 불과한 것이 아니었다. 유토피아는 '미래라는 이름의 전쟁'과 '신구의 투쟁', '먼 미래를 향해 도약하는 가죽점퍼 차림의 볼셰비키'에 관한, 그 당시 모든 문학작품에 스며들어 있었다. 즉, 1920년대에 유토피아는 모든 예술과 삶 자체의 불변적 특성을 구성하고 있었던 요소라고 말할 수 있는 것이다. 천상의 유토피아를 이 지상으로 끌어내렸던 소비에트 문학은 《아엘리타》를 통해 또다시 지상의 유토피아를 우주 공간으로 쏘아 올리기를 꿈꿨던 것은 아닐까?

《아엘리타》는 1922년 《화성의 몰락》이라는 제목으로 잡지 〈붉은 처녀지(處女地)〉(1922년 No.6, 1923년 No.1, 2)에 처음 실렸으며, 첫 단행본은 1923년 모스크바-페테르부르크의 국립도서출판사에서 《아엘리타(화성의 몰락)》라는 제목으로 발간되었다. 옮긴이가 번역에 사용한 판본은 1983년 모스크바에서 간행된 프라우다(Правда) 출판사 판 《Аэлита. Гиперболоид инженера Гарина》이다. 한국어 번역은 이번이 처음이다. 편역본은 원고지로 475매이며, 원본 915매의 약 52퍼센트 정도 된다. 《아엘리타》의 편역 원칙은 다음과 같다.

첫째, 작품의 줄거리를 파악하는 데 필수적인 내용인 경우 대부분 포함시켰고, 그 외 부가적인 설명은 생략했다.

둘째, 작품 줄거리 파악에 필수적인 내용 중 사건에 대한 단순한 시간적 서술 장면들은 생략했다. 예를 들어, 화성에서의 혁명의 발발로부터 실패까지의 과정과 주인공들의 도주 과정 등은 대부분 생략했다.

셋째, 아엘리타가 두 번에 걸쳐 로스에게 말해주었던 화성의 역사와 관련된 '아틀란티스 전설'은 생략했다. 작품의 '유토피아' 주제와 연관성이 약하다고 판단했기 때문이다.

넷째, 유토피아 및 주인공의 자기 인식, 자기동일성 탐구의 주제와 관련된 내용은 대부분 포함시켰다. 이 내용이야말로 이 작품을 다른 공상과학 및 유토피아 작품들과 구별해 주는 변별적 특징이라고 판단했기 때문이다.

다섯째, 1920년대 초 과학기술을 바탕으로 창작된 이 소설에는 오늘날의 관점에서 볼 때 적절치 못한 용어들이 다수 발견되는데, 몇몇 과학기술 용어의 경우 지금 현실에 맞게 의역했다. 예를 들어, 항공선, 보트 등을 우주선, 비행선 등으로 번역했다.

여섯째, 인명 및 지명 표기는 러시아어 원음에 충실하기보다는 국내 외래어표기법에 맞춰 표기했다.

미완의 실험으로 끝난 소련의 해체와 베를린 장벽의 붕괴와 함께 냉전 이데올로기 시대가 마감되고, 지난 '즈믄 해'를 뒤로 하며 새롭게 시작한 이 시대는 신자유주의 이데올로기의 축복을 듬뿍 받고 있다. 따라서 이미 역사적으로 시효 만료된 것으로 결론지어진 교조적 사회주의 리얼리즘 예술 이데올로기의 판박이에 불과한 듯한 주류 소비에트 러시아 문학의 역사적 과거를 객관적으로 바라보는 작업은 시대착오적인 것으로 치부되기 십상이다. 하지만 과오와 치욕도 찬란한 영광만큼이나 역사의 귀중한 한 부분이다. 이데올로기 갈등으로 인해 잊혔던 반체제 · 망명 작가의 작품들이 새로 발굴되거나 복원되어 군데군데 공백으로 남아 있던 소비에트 러시아 문학사가 새롭게 채워지고 있는 현재 상황에서, 지배 이데올로기에 의해 왜곡되고 가려졌던 소비에트 문학의 플레야드(Pléiade)에 대해서도 그들 문학의 진정성을 '휴머니즘'이라는 관점에서 새롭게 조명해야 할 때가 되지 않았는가 생각한다. 이데올로기의 색안경만을 끼고 작품을 들여다볼 때 우리는 그 속에 깊이 감춰진 많은 아름다운 빛깔들을 보지 못하게 되기 때문이다.

지은이에 대해

알렉세이 니콜라예비치 톨스토이(1883~1945)는 귀족 가문 태생으로 재능 있는 다작의 작가였다. 그는 많은 이야기와 소설, 그리고 40편이 넘는 희곡을 썼다. 볼가강 중류에 있는 사마라에서 고독한 어린 시절을 보냈으며, 13세가 될 때까지 가끔 오는 가정교사의 교육을 제외하고는 어떠한 정식 교육도 받지 못했다. 그러나 어린 시절부터 그는 러시아 문학의 고전들을 열심히 탐독했다. 1901년 사마라에서 고등학교를 졸업하고 페테르부르크에 온 톨스토이는 페테르부르크 기술대학에 입학한다. 당시 그는 상징주의의 강한 영향을 받았으며 자신은 물론 다른 사람들에게서도 상징주의자로 간주되었다. 이 시기의 작품으로는 러시아 민화와 슬라브 신화에 대한 관심을 보여 주는 시 〈푸른 강 너머〉(1911)와 그의 가장 뛰어난 초기 작품인 〈투레노보에서의 일주일〉(1910), 자신의 어린 시절의 경험을 새롭게 쓴 연작 이야기인 《까치 이야기》(1912~1918), 《절름발이 왕자》(1912), 《괴짜들》(1911) 등이 있다.

1차 세계대전이 발발하자 그는 종군기자로 활동했으

며 10월 혁명 후 파리와 베를린으로 자발적인 망명을 하였다. 그곳에서 그는 서정적이고 회상적인 소설 《니키타의 어린 시절》(1922)을 썼으며, 삼부작 《고난으로의 길》(1920~1941)의 제1권인 소설 《자매들》(1921) 집필에 착수했다. 1922년 깊어만 가는 조국에 대한 향수로 인해 자신의 정치적 신념을 바꾸었고 마침내 1923년 가족과 함께 조국으로 되돌아온다.

귀족 태생으로 인한 쉽지 않았던 귀환 초기, 의혹의 기간을 잘 견뎌낸 후 톨스토이는 주도적인 소비에트 작가로 급속히 자리매김하게 된다. 환상과학 소설 《아엘리타》(1923)와 《기계의 봉기》(1924), 《엔지니어 가린의 죽음의 광선》(1925~1926) 등이 출판되었다. 1920년대 후반기 동안 톨스토이는 유진 오닐과 카렐 차페크 작품들의 번안을 포함하여 여러 가지 이야기와 수많은 희곡을 썼다.

톨스토이는 러시아 역사에 대해 많은 관심을 갖고 있었다. 1927년 《고난으로의 길》의 제2권에 대한 작업과 함께 그는 자기 조국의 가까운 과거에 대한 묘사로 되돌아간다. 1929년 톨스토이는 《표트르 1세》(1929~1945)의 작업을 시작했다. 이 작품은 1696년부터 1725년까지 러시아를 통치했고 근대 러시아의 창시자로 간주되는 차르의 삶을 묘사하는 웅장한 스케일의 소설이다. 1682년부터

1704년까지의 시기를 포함하는, 이 작품의 첫 1, 2권이 1934년까지 쓰였다. 하지만 제3권은 그의 죽음으로 인해 완성되지 못했다.

1939년 톨스토이는 학술원 회원으로 선출되었다. 1941년 소설 《표트르 1세》로, 그 다음 해에는 《고난으로의 길》로 스탈린상을 수상했다. 2차 세계대전 기간 동안 그는 독일 침략자를 비난하고 러시아 민중의 사기를 진작시키는 글들을 주로 썼다.

1945년 톨스토이는 모스크바에서 세상을 떠났다. 당시 그의 죽음은 1936년 고리키의 죽음에 뒤이은 소비에트 문학 및 문화의 두 번째 큰 손실이라고 간주되었다.

서구에서 톨스토이에 대한 평판은 자신의 볼셰비즘에 대한 옹호로 인해 커다란 손상을 입었다. 하지만 그가 '망명자'로 제목을 바꾼 《검은 황금》(1931)이나 내전에서의 스탈린의 역할에 대해 성자전(聖者傳)적으로 쓴 《빵》(1937) 등과 같은 조잡한 선동적 작품에 대해 책임이 있다고 해도, 이 비범하고 재능 있는 작가의 뛰어난 다른 작품들이 가려져서는 안 된다.

그의 많은 작품들은 영어를 비롯한 수많은 언어로 번역되었으며 아직도 러시아 문학의 고전으로 간주되고 있다.

옮긴이에 대해

　김성일은 1964년 서울에서 태어났다. 불문학을 전공한 아버지의 영향으로 한때 불문학을 동경했지만, 러시아 문학으로 방향을 선회, 한국외국어대학교 노어과에 입학했다. 이 궤도 선회에도 아버지의 영향이 크게 작용했다. 군복무 기간을 제외하고 대학원 석사과정 수료 때까지 학교 울타리를 벗어나지 못했다. 돌이켜보면 현실과 유리된 관념적 유희에 빠져, 유행처럼 번지는 학문 사조들을 무작정 좇아 헤매던 시절이었다. 그 후 《죄와 벌》의 감동이 살아 있는, '빛의 도시' 상트페테르부르크로 유학을 떠났다. 이데올로기 장벽 때문에 책 속에서만 접했던 러시아 문학의 본고장에 대한 감상적 기분도 잠시, 외국 문학 전공자라면 누구나 겪게 되는 언어 장벽, 사유와 지식의 빈곤은 이국의 고독과 맞물려 자신의 한계만을 절감하도록 만들었다. 집, 학교, 도서관으로 이어지는 지루하게 반복되는 일상의 동선(動線) 속에서 유일한 사치는 헌책방 순례였다. 귀한 책들을 싼값에 마음껏 살 수 있었던 그때는 지금도 즐거운 기억으로 남아 있다. 겨우내 얼어붙은 도시 위로 낮게 드리워진 어두운 회색 풍광과 잠들지 못하는 태양이 만들어내는, 순간 증발해 버릴 것만 같은 백야의 희뿌연 안개빛 분위기에 익숙해질 무렵, 그동안의 성과를 정리해 〈20세기 초 러시아 유토피아 문학 연구〉라는 논문으로 상트페테르부르크 국립대학교에서 박사학위를 받았다. 귀국 후 여러 대학에서 러시아 문학을 강의했고, '러시아 망명 문학 연구'라는 주제로 모교에서 박사후 과정(학술진흥재단 선정)을 마쳤다. 청주대학교에 둥지를 틀고 학생들에게 러시아어문학을 소개했다. 지금은 청주대학교 교양학부 교수로 있으며 이미지와 상상력, 서양 신화 등을 가르치고 있다.

러시아 문학과 영화에 관한 여러 편의 논문과 책을 썼으며, 전공 관련 교재도 몇 권 출간했다. 톨스토이, 체호프, 마야콥스키 등의 작품들과 러시아 문화 및 영화 관련 글도 번역했다.

지은 책으로 《톨스토이》(공저), 《러시아 영화와 상상력》 등이 있으며, 레프 톨스토이, 유리 올레샤 등 19~20세기 여러 러시아 작가들의 작품들과 《러시아 문화에 관한 담론》(공역) 《러시아 발레사》 등을 번역했다. 〈문화원형으로서의 도시 페테르부르크 연구〉 외 다수의 논문이 있다.

원서발췌 아엘리타

지은이 알렉세이 톨스토이
옮긴이 김성일
펴낸이 박영률

초판 1쇄 펴낸날 2011년 11월 30일
개정1판 1쇄 펴낸날 2025년 8월 25일

커뮤니케이션북스(주)
출판등록 제313-2007-000166호(2007년 8월 17일)
02880 서울시 성북구 성북로 5-11
전화 (02) 7474 001, 팩스 (02) 736 5047
commbooks@commbooks.com
www.commbooks.com

ⓒ 김성일, 2025

지식을만드는지식은
커뮤니케이션북스(주)의 고전 출판 브랜드입니다.
이 책은 저작권자와 계약해 발행했으므로, 본사의 서면 허락 없이는
어떠한 형태나 수단으로도 이 책의 내용을 이용할 수 없습니다.

ISBN 979-11-430-0994-4 03890

책값은 뒤표지에 있습니다.